顧曉軍小說【五】

——玩殘歐·亨利

顧曉軍　著

玩殘歐·亨利（代序）

歐·亨利，是「世界三大短篇小說巨匠」之一，也是小說表現手法最具特色的一位，其作品有「歐·亨利式結尾」之美譽。

然，盛名之下，也其實難副。一、同時代的莫泊桑的〈項鏈〉，表現手法與歐·亨利的一樣，難不成也叫歐·亨利式結尾？二、在歐·亨利存世的近三百篇作品中，我找到、研讀了譯成中文的一百二十四篇，在逐一解析、歸類後，結論是：歐·亨利式結尾，其實就是成功地運用了反轉或翻盤的小說結構的手法。

然，真正要細數，反轉的、只有10篇，翻盤的、也只有14篇；其餘的100篇，實際上是運用反轉或翻盤的手法的、失敗之作，或曰假裝反轉或翻盤。

反轉，大家都懂，如歐氏的〈最後一片藤葉〉。翻盤，類似於反轉，如歐氏的〈蘋果之謎〉；不同在於，「最後一片藤葉」是烘托出貧困潦倒的老畫家貝爾門的神來之筆、不可他用，而「蘋果」及「蘋果核」，則不一定非放在風雪之夜、比賽講述情人分手後的情景中，移至別處同樣成立、甚至效果更好。

而假裝反轉或翻盤的，則如歐氏的〈婚姻學精算〉；小說最後的、把押在特羅特太太處的兩千塊錢騙了回來，在小說中沒有鋪墊、也沒法鋪墊，這只能是作者忽悠讀者、也在糊弄自己。

此外，在100篇假裝反轉或翻盤的作品中，還存在穿幫及歐氏自己抄襲自己等。如〈紅酋長的贖金〉，小說寫一熊孩子遭綁架；然，綁架不該綁起來嗎？可綁起來的話，哪還有熊孩子、哪還有這篇小說？這，就是穿幫。而〈鞋〉與〈龍牙草〉的小說內核一樣、〈白屋〉的大部分來自〈雙料騙子〉，等之類都證明歐氏江郎才盡、在自己抄襲自己。

歐氏的急功近利，可能源於他晚年貧困、嗜賭、身患疾病。然，歐氏上品寥寥的根源，當是成也蕭何敗也蕭何。簡單說，我寫小說，需先找那可寫成小說的東西，而後練意，再找出最佳的表達方式。

歐氏亦需要第一步驟，隨後他可能就直奔練反轉或翻盤的表達方式了；因此，稱讚歐·亨利式結尾的人們，也批評歐氏的作品思想性差。

顯然，歐氏也意識到了這點，因此、他幾乎在所有作品中加上抨擊社會的議論和所謂幽默；結果，則是那些議論與幽默，如貼在小說上的皮，而非從作品骨子裡生出來的。

自然，歐·亨利的成就是第一位的。一如他的〈感恩節的先生們〉、〈愛的犧牲〉、〈麥琪的禮物〉的雙向反轉，一百多年內、無人企及。

因上種種，我試圖超越前人。其實，在寫出了二次反轉的〈美的想像〉和輪回反轉的〈校園愛情〉後，我才想到「玩殘歐·亨利」。既要玩，我先玩出了歐式雙向反轉的〈愛的驚喜〉等。而後，將歐式一次反轉升級到多次反轉、連續反轉、交叉反轉等。進而，引入我的哲學思想中的立體思維、多意性、此非僅此等，在消化歐·亨利式結尾的基礎上，玩出了我的顧式反轉的寓意反轉、多意反轉、局中局等。

本書中的五十篇小說，就是這次玩殘歐·亨利的實驗，也是顧式反轉的一次成果的檢閱。

顧曉軍 2021-6-21 南京

目次

01 美的想像

——小說·三百六十四（九卷：詩人）

詩人是枚小鮮肉，很年輕、很帥氣；然，他不修邊幅。這很可能是前輩告訴他的，不拘小節，容易出詩、出一流的好詩。

詩人的詩、怎樣？還真不好說，但、他有一名句：「黑夜，給了我兩個黑色的鼻孔，我卻用它們呼吸——白日的霧霾和夜晚的月色……」

詩人的條件、非常好，可、他既沒有結婚，也沒有談過對象。自然，這決不是他找不到，而是因他把所有的時間、精力與想像，全都給了繆斯、他心目中的女神。

也自然，他心中的女神，除詩歌與藝術之外，還有位如繆斯之化身般的、真實的、占據了他整個大腦，碰撞、推搡和擠壓著他滿腦子優美想像與華麗辭藻的、鄰家的、美麗少婦。

那少婦，太美了，無法用詞彙描述，只能借助於大家的想像力。請諸位想像——在高層樓的一陽台上，月亮、在遠天，把皎潔、無垠的光，盡情、肆意地往那陽台上斟，直到斟滿，直到溢出，直到溢得陽台與整幢高樓，全都沐浴在美妙、輕柔的月色中……這時，那陽台的門，「咿呀」響了（其實你我聽不見「咿呀」聲，但我們一定得想像出那動靜）；在這響聲中，一位身材勻稱、只著了胸罩與底褲的、美貌的少婦，走了出來。

美少婦，向著那深藍色的遠天中的金色月亮，伸展開雙臂，像是要擁抱那枚月亮……自然，因那月亮太遙遠，美少婦無法、將遠天的月亮攬入懷中，但、她畢竟也攬得了好大的一片月色。

在那高樓的陽台上、美妙的月光中，美少婦舒展了下勻稱、且肌脂相宜，又妙曼無比的四肢，甚至還活動了一下兩只細細的手腕、與各纖指的關節；而後才坐下（約坐在把藤椅中），喝著什麼（約是紅酒）、聽著什麼（約是古典音樂）。在這一切之後，她才讓腦子慢

慢放空、讓那雙美目，肆意地漫遊、漫遊在無垠的夜空、輕柔的月色之中……

　　而這一切，都在詩人的感覺中。不，準確地說，就在他的目光裡。只是，他不願意讓美少婦知道、他的存在、與他的目光的存在，不願驚動了美少婦、在這如洗如滌之銀色月光中的美。更準確地說，是他不願侵擾了她、和自己眼裡與想像中的浪漫、與極致之美。

　　美少婦，就住在詩人的隔壁，但不是同一個單元，所以、平時很難相見，只有在這陽台上、才能偶遇，也只有在想像中、方可廝守。所以、詩人與美少婦，既陌生、又熟悉，也既熟悉、又陌生。這感覺，像極了我和粉絲們，看似彼此了解、卻又啥都不很清楚，看似啥都不清楚、又有一種知根知底的感覺。

　　詩人對美少婦的所知，也是這樣。他知道，美少婦的丈夫、是個野蠻的酒鬼，每晚喝醉了酒後，回來、總要打美少婦。詩人，幾乎每晚都能聽到「啪啪」的響聲。可能、是扇掴耳光，也可能、是用皮帶抽打著背部或臀部；打得美少婦不斷求饒、叫喚「老公，不了、不了」。偶爾，還能聽得見她「救命」的呼喊聲。

　　多少次，詩人已拿出了手機，想報警、撥打110。但，詩人一向以為：民間的事，還是該在民間解決。因此，每當這種時刻，詩人就氣憤、甚至衝動、想飛過去……上演一出：英雄救美人的壯舉。

　　自然，飛過去、是不可能，也是不現實的。但，攀過去、卻是並不難的。因為，詩人、就是練攀岩的、攀岩高手，去年的省攀岩大賽之冠軍。

　　而攀爬的路徑，詩人、也早已看好、算計好了，且不止一次一遍，而是千百次、千百遍地看過、看好，並了熟於心——那支點一、支點二、支點三，先抓這裡、再踩那裡、而後換手，再縱身一躍……即可進入美少婦家的陽台。

　　那，也是一個夏日，中午時分；詩人，赤著膊、光著背，只穿了一條底褲，在家裡寫詩，寫諸如「黑夜，給了我兩個黑色的鼻孔」之類的、時代的新樂章……忽然，聽見了呼喊；而這呼喊，詩人都

不需要仔細辨別，憑感覺就知道是美少婦。

怎麼？酒鬼在白天、也敢行凶？說時遲、那時快，詩人一躍、從座椅上彈起，來到自家的陽台上……這時，方明白──美少婦，是出來晾衣裳，可、風跟她開了個小小的玩笑，把陽台的門給帶上了；美少婦、晾好了衣裳，卻回不去、回不到屋子裡去了。

這可惡的風，居然跟那酒鬼是一邊的。美少婦，怎辦？難道要等到酒鬼晚上、喝多了回來後、再進去嗎？那不得被鎖在陽台上、整整一個下午？一個下午的大太陽、毒日頭，那還不得把美少婦曬暈、昏死過去好多回？

天賜良機，正好可以英雄救美了。只見詩人回自己屋裡、拿了把螺絲刀，銜在口中，「唰唰唰」地手攀、腳踩，而後一躍，就縱身跳進了美少婦家的陽台；又恰好，被美少婦一把扶住。

三下五除二，詩人已卸下陽台門鎖把手上的螺絲；不知怎一弄，那門就開了。待美少婦進屋後，詩人又蹲下來、裝好了那陽台的門鎖；就手，把螺絲刀也扔回到了自家的陽台上。

忙完這一切，詩人才注意到：美少婦的身上，只穿著一襲粉色的胸罩、底褲。那勻稱、肌脂適度的身段，婀娜、白皙、泛著誘人的光輝；嬌好的臉龐，稚嫩、微紅、沁著細細香汗……美不勝收，那繆斯女神、大約也不過如此。不知不覺中，「噌」地一下，詩人的旗杆、豎了起來，把淺藍色的底褲、支成了帳篷。

急暈的美少婦，也才注意到：詩人，忙得、早已是渾身汗淋淋、濕漉漉；全身上下，只穿了條淺藍的底褲。當美少婦的目光，觸到詩人光溜溜的身上、那淺藍色的底褲的一剎那，又恰是詩人不知覺地、豎起旗杆、支起帳篷的那一瞬。尷尬，太尷尬了。美少婦的臉龐，「噌」地一下、紅透了。

尷尬。詩人這邊的尷尬，也不亞於美少婦。他只覺著自己、好像啥也沒穿，並、被美少婦，從上到下、從外到裡地看了個透；且，無處躲藏──逃到陽台上去、原路返回，不知回不回得去；而從美少婦家出去，則須上下兩個單元，這不等於穿條底褲、在小區裡遊

行一回？

　　恰這時，美少婦家的門、有了動靜，只聽得鑰匙插進鎖眼、而後轉動的聲音，門就「咿呀」一聲、被推開了，酒鬼、衣冠整齊地、站在了——只穿了條淺藍色的底褲、和只穿著一身粉色的胸罩與底褲、且兩人的身上、都冒著熱汗的詩人與美少婦的眼前。

　　詩人不知道說啥好。他想說，你太太在陽台上晾衣裳，風把門吹上了，她叫，我就從我家爬過來，替她開了門；而後，又修好了鎖，再把螺絲刀扔了回去。我正不知怎辦，你就開門進來了……酒鬼會信嗎？不信怎辦？帶他到我家的陽台上、去看螺絲刀？可，螺絲刀、又能證明什麼呢？

　　詩人，只有等美少婦解釋，再看事態發展……可，美少婦不解釋，一句話都沒有。你看，急人不急人？

　　而酒鬼，則一只大手、先一把抓捏住了詩人的後頸脖，才道：「你說，怎回事？」

　　沒辦法，詩人只把剛想的、說了遍。酒鬼則捏著他的頸脖，將詩人不敢對視的眼和臉翻轉、朝向自己後，問：「這話，你信嗎？」

　　「我也不太信。」差點兒就脫口而出。可，這又是千真萬確的。詩人，期待著美少婦自辯；可，又想，這種時候，美少婦的自辯、又能頂啥用呢？

　　像拎一隻小雞，酒鬼一把將詩人揪到陽台上，而後道：「你不說是爬過來的嗎？那你爬回去，讓我也長長見識。」

　　詩人這才發現：從自家看過來的三個支點，從美少婦家望過去、卻沒有、竟看不見，光禿禿的、好像不存在。而從樓上、往地面看去，乖乖，二十幾層的樓，比最高的攀岩、都要高出好幾倍。

　　恰這時，酒鬼卻發現了陽台上的、美少婦的一只拖鞋，道：「好傢伙，忙得鞋掉了一只、都不知道？」

　　此時，詩人才得空、瞅了一眼美少婦的腳，也才發現、美少婦的那雙秀美無比的腳上，確實、只穿了一只拖鞋，另一只、則赤裸著。

詩人在心裡想，美少婦、是被家暴慣的，指望她反抗、是指望不上了，只有靠自己、靠自己跟惡勢力鬥爭，為美少婦爭取自由、解放。當然，此時的種種辯解、也是無力的，所以、得反守為攻，得把酒鬼的囂張氣焰、給打下去。

如是，詩人鼓起了十二萬分的勇氣，道：「一人做事一人當，沒她的事。你說吧，想怎樣？老實說，我早就看你不順眼了，早就想報警、打110了；對你這種酒鬼，我已忍了無數次，忍無可忍了。你天天喝醉了酒、回家打老婆，算什麼本事？你自己說，你算什麼男人？」

誰料，酒鬼還沒來得及回話，美少婦已搶著嚷嚷道：「什麼呀？什麼呀？哪來的『天天打老婆』？人家、那是愛愛。」

「愛愛？」詩人蒙了，他沒結過婚，連對象也沒談過；他，實在不清楚這些，只善於展開想像的翅膀。

2020-12-4 南京

02 愛的驚喜

——小說・三百六十六（九卷：跨國戀）

扒開矇她眼的手、睜開被捂的眼，煙火已繽紛邂逅、在浪漫之夜的天空，絢爛綻放成璀璨的心願之旅；童話的種子發芽，在融化的心田長成希望樹，枝上滿是斑斕，還有五彩的夢。

這不是電話裡的吻、也不是快遞送達的鮮花，而是相知相愛周年的驚喜、與煙花的約會，是任何一個女生、到了杵拐杖的年紀、也不會忘的浪漫。

飛機在白雲之上飛……

假如男生是浪漫之源，那、女孩的浪漫，莫過於張開天鵝般的

羽翼、飛向心愛之人的懷抱。

「願今晚的煙火，點亮你往後的每一個夜晚；願今夜的快樂，陪伴你的夢到永遠。」他說。

就在那晚，她主動親吻了他。

小B想，願意如此用心、為愛情精心設計與制造驚喜和浪漫的人，一定也渴望收獲驚喜。那麼，他希望得到怎樣的驚喜？怎樣的浪漫、才會讓他終身難忘？

小B知道，他喜歡波士頓。他說過，那是美國歷史上的第一座城市，是「五月花號」上的人們、到達普利茅斯港後、生活的地方。

小B，也喜歡那17世紀的青磚路面、城市的綠意盎然與紅磚建築，喜歡街道上的整潔和寧靜及透出的厚重與滄桑。

小B知道，他喜歡劍橋鎮的哈佛，喜歡校園裡的參天古樹，還有那些名人與紳士的雕像。

小B，也喜歡路過時摸一摸雕像的腳，希望那些歷史人物會給自己帶來好運。

小B知道，他向往學術生涯，希望在哈佛商學院讀完MBA工商管理碩士後、繼續深造。

小B，也想重溫學生時代的美好，與他一起感受學術氛圍，朝夕相處、永沐愛河……

　　……

哦，滿天星，幸運之星！無數小花、精致地開成愛與問候，粉色的祝福、自彼岸來，少女在大洋的那一邊、將傾心寄予花語：攜滿天星辰贈你，覺星辰滿天也不及你……

那鬆蓬蓬的一捧，哪是花，不分明是——純淨、致遠、低調的浪漫？那玲瓏瓏的數百朵，哪是星，不分明是——溫馨、婉約、清恬的淡雅？

飛機在藍天上飛……

假如女孩是夢之源，那男生渴望的夢，莫過於飛呀飛……飛到夢中人的身邊。

這不是電郵裡的細語、也不是微信上的表情包，而是相知相愛兩周年的驚喜、花赴歲月的約會、女孩對男生的期許：願做你的配角，瞞著家人愛你。

那晚，他也許下了終身的心願。

小A想，喜歡驚喜、願意接受驚喜、也願意創造驚喜的她，該制造怎樣的驚喜、才會讓她意外，才能讓她終身難忘？

小A知道，她喜歡南京，喜歡六朝古都、喜歡中華文明的南遷地、喜歡中原文化落腳、繁衍、興盛的石頭城。

小A，也喜歡肅立在古城牆上的晚風中，聽千百年前的金戈鐵馬，也喜歡徜徉於十里秦淮的記憶裡、吟詩書與戲曲裡、軟香陣陣的樂聲燈影。

小A知道，她喜歡玄武湖畔、相伴著湖光夜跑，喜歡紫金山麓、在夕陽向晚中發呆。

小A，也喜歡美齡宮、音樂台、一九一二……在歷史的氛圍裡，品生活的滋味與時代的不同。

小A知道，她繼承了家族產業，每日、得管理龐大的公司、得勞神數千人的生計……

小A很想幫她，希望現代管理之先進理念，能讓公司與業績、如老樹開出新花。

……

白雲之上飛機在飛……

怎會愛上台灣男生？小B也不明白，自己為啥會喜歡嗲萌嗲萌的男生。

網上在噴，台灣男生有啥好？優柔寡斷，很娘；可愛，但花心、好色、會到處曖昧。大多沒啥野心，一天到晚膩膩歪歪、特別黏人；吃個東西也要想好久，還死扣、小氣。情商也低，容易上當。

可，小B覺得，台灣男生謙虛、內斂、有素養、還軟萌，沒大陸男生的強勢，也沒歐美男生的外放；溫暖、體貼，適合過日子、與細水長流。

13

小B，喜歡嘴裡成天叫著「寶寶」，喜歡到了八十歲上街、也要手牽著手，喜歡時不時會弄出點浪漫的奶系男人。

小B喜歡他，說話總輕聲細語，有種文青的感覺。喜歡他溫柔、貼心，在自己身體不舒服時，他總會問有沒有好點、要不要看醫生。

小B喜歡他，背著自己、悄悄做一份小甜點，而後端出來、讓她驚喜的小模樣。每當這時，她的心裡都甜得要爆；而他還會故意撒個嬌、賣個萌，真像一只小奶狗。

小B理解，生長在資源有限的島內，台灣男生也像遊牧部落，去美、歐、日本，或來大陸發展、掙錢，是逐水草而居；除了台灣，哪裡、都是遠方。

沒有野心，更是因為、從小就懂家庭責任、知道掙錢養家；所以，從不會指望誰，更不會啃老。

反正，只要和他在一起、或想到他，小B的心、就像被甜得要化。即使在一起，她付出的更多，也不在乎；她，只想看他每個動作都表現出的潛台詞、「讓我照顧你」，只願擁有這份被呵護的感覺。

假如全世界都背叛你，我就背叛全世界、站在你一邊。小B想，這是我、一個女孩，能說出的最浪漫的話。

……

藍天上飛機在飛……

也曾想邊走邊愛，反正是人山人海；後來，發現了你，你一個人、擋住了整個世界。

三年前，他想都不敢想、也沒想過，會愛上個大陸女孩、愛上謎一樣的她……因為，在台灣、都管大陸女孩、叫大陸妹；而大陸妹的叫法，或多或少都有點貶義。

在台灣，普遍認為，大陸妹、說話嗓門大，這也算是沒直說的、不溫柔。再就是，過去總覺著大陸人窮，大陸妹也算是吃苦耐勞的代名詞，這、也不是正面的。

可，現在確實相愛了。小A，覺得她很美。這種美，又不僅是漂亮，也包括她不凡的氣質。還有，她愛笑、總給人謎一樣的微笑。

　　小A喜歡她，陽光、自信、獨立、幹練，不像台灣女孩、習慣了被照顧；也不像其他大陸女孩或似女漢子、或像長不大。

　　小A，喜歡她有自己的、台灣女生不會有的想法，有許多奇奇怪怪的想法。就連她想進男廁所去看看，小A也都依她、陪著她。

　　小A，特別喜歡她善解人意，懂他、也了解他，很在意他的想法；特別是她常給他新鮮、愉悅，又總保持著神秘；會在不易察覺中、製造情感的獎勵，和暗暗的、留有自尊的引領。

　　小A，還喜歡她可鹽可甜，有時活潑，有時又像個活體靜物。喜歡她多面，擁有善於深度學習的、很性感的大腦。且，她還很會不斷調整自己與他的心理價值。

　　反正，喜歡就是喜歡了。怎麼看都好——她愛穿紅上衣，好，感性；她回復得快，好，知性；她會聊天，善拿捏分寸，懂得照顧別人的情緒，讓人舒適自在，更好，情商高；她愛做飯、做得很好，可不愛洗碗，也好，有個性；她時而（或有意）犯點不經意的小迷糊，還是好，蠢萌蠢萌的、可愛。

　　小A覺得，她不矜持，她的魅力來自於活潑與沈靜、高雅與通俗、執著與豁達……相互矛盾的組合與統一。甚至，小A覺得她就是本書、一本值得用一輩子去不斷翻、不斷讀的書。

　　夢，是浪漫的動力。有哪一級別的夢，才會有哪一級別的浪漫。

　　……

　　飛機還在白雲之上飛……

　　給他個驚喜，怎樣給他個驚喜、給他個怎樣的驚喜？小B覺得，只有把還不完美、但將來一定會很完美的自己、給他，這才是他一生中、最大的驚喜。

　　小B準備著，為了愛、為心愛的人……悄悄地、準備著。她，啥也沒說，沒跟人商量，就把房子租了出去，把車掛在網上賣……

　　浪漫，是夢的土壤。有啥樣的土壤，才會有啥樣的夢。

　　……

　　飛機依舊在藍天上飛……

　　怎樣給她個驚喜、給她怎樣的驚喜？小A想，只有把自己的所學、融進她的事業，幫她實現她心中的夢想。

　　小A，懷揣著哈佛商學院的所學、與MBA工商管理碩士的證書，登上了飛機。

　　……

　　波士頓，劍橋鎮。小A的住處外，小B按響了門鈴。

　　女房東打開門，見是個中國女孩，用夾生的漢語道：「你找誰？」

　　小B道：「小A是住這裡吧？」

　　「他退房、昨天就走了。」女房東道。

　　「他去了哪裡？」

　　女房東卻問：「你是小B、是小A的女友吧？」

　　「是的。」小B回道。

　　「去中國、去南京了，他說要到紫金山、一九一二……去找你，還說要給你一個大大的、意外的驚喜。」

　　小B，傻了；也被女老外的話，給逗樂了。

　　……

　　到了，小A付了車錢、下了出租。

　　小A，見到「小B公司」的招牌，心裡熱呼呼的；可，不知為啥、有兩個工人正在拆卸招牌。

　　恰巧，一個與小B一般大的女孩、走了出來，小A問：「這是小B的公司嗎？」

　　女孩道：「昨天是，可今天已不是了。」

　　「為啥？」小A問。

　　女孩卻打量了下，問：「是小A？」

　　「是的。」小A道。

　　女孩這才道：「我是小B的閨蜜，小B把公司盤給我了。你不知道？」

　　「不知道，她沒說。」小A問：「她人呢，上哪去了？」

　　「去美國了呀，去找你了呀。」女孩道。

「啊——」小A，被驚呆了。

2020-12-13　南京

03　仙人跳

——小說‧三百七十四（十卷：套路也悲催）

百無聊賴。開著電視，玩著手機，跟小姐妹們在微信群裡有一搭沒一搭地閒聊著。

過去的這種時候，都是在喝下午茶；或，找個最貼心的小姐妹去咖啡廳、聊聊各自的心裡事。

做二奶，怕是這個世界上，最需要心計、也最懂得察言觀色的職業了；所以，小姐妹們都願多交流、相互汲取。

不進則退。稍不留神，就會被淘汰出準上流生活圈、跌落到社會底層去；而真要是一跟頭栽下了去，想再爬起來、就沒啥機會了，畢竟歲數也不會饒人。

因此，二奶、其實比那些寫字樓裡的年輕女白領們，要更努力、更拼搏，也更值得令人敬佩。

小花，就這麼隨便地胡亂想著，在等一個她十分期待的電話。

自然，並不是包養她的他。那個香港人，許已自顧不暇；因大家都知道的特殊情況，生意太難做了，這已影響到了生活，特別是二奶村的小姐妹們。

電視一直播著，可內容就那麼些。當然，這裡可以收到很多香港的台，但香港也沒啥好玩的。小花一直開著電視，不過是為了有點動靜，否則、日子就更難過。

群裡，也沒啥新鮮。哀怨，像病毒一樣、會傳染。也有正能量的小姐妹，總愛介紹些怎省錢的法子。可，小花記得，有位作家說

過：真到了總想著省錢，那就是一個人的人生、開始在走下坡路了。

手機、響了下，是一條短信、大個約她。

都不通個電話。雖這麼想，可心裡連一絲埋怨都沒有，就趕緊梳洗打扮。忙完，就出了門。

因為很近，沒有打車。自然，小花也是想、能省就省點。路上，才想到、還沒有跟小姐妹們聯繫。

小花掏出手機，給小姐妹們、群發了條短信。

很快，就收到了小姐妹們、一個個發回來的確認的短信；一共，有七八個之多。小花心想，人手、是足夠了。

到了約定的地點，大個還沒有到。小花在馬路上，踩著華燈初放、燈光投在樹枝與葉兒上、篩下的斑駁。一片片地踩，直到走得稍遠、再回過頭來；就這麼，踩過去，又踩回來，踩回來、再踩過去……

男女之間的約會，女人原本是可以矜持一些、是可以遲到的，甚至遲到得多一些；這叫欲擒故縱，也叫考驗……小花自然懂。可，她沒這資格。

今天，必須要有結果。再沒有結果，恐怕就不會有結果了。小花，在心裡盤算著。第一次，人家沒怎麼、就給了錢。第二次，雖沒給錢，可、那天是自己需要他。

那天，真不知道是怎麼了。小花，怎麼看、都覺得大個特好。從來沒有過的感覺，就是想親親、抱抱、舉高高……小花不經意地笑了。想不到，自己也懂得浪漫、也會想……

可，浪漫、不能當飯吃，所以、必須做……必須弄到一大筆的錢，這才是自己的目的，也才是小姐妹們的合計。

也怪風聲太緊。原本蕭條的二奶村，更難以為繼了。原先的男方，如果有情有義，還能收到生活費啥的。原先的男方，如果沒啥情意，很多、連電話都懶得打過來了；而打過去，也總是說在開會、有事、正忙著等等。更有的，把手機號都換了，打過去、總說已關機之類。

或同鄉、或玩得好的小姐妹們，常聚在一起商量、想辦法。可，去做飯托、酒托之類，太老套了；如今，真會上當的人、沒幾個，即使能釣到魚、也做不到啥大單。真做到，遇上個惜財如命的，弄不好、還會被抓。

而一旦被抓，就又是被拘留、又是被罰款。哎，人、總得吃飯；就算把嘴巴紮起來，眼睛一睜、哪樣不要開銷？水、電、燃氣，手機、電視、電腦，牙膏、洗面乳、面膜……還要穿衣、磨鞋，不是嗎？

如是，大家就想到了做局、玩仙人跳。可，由誰來做、又上哪去找幫手呢？如今，能上點層次的小姐妹們，誰還會跟那些做打手的、有啥來往？即使過去有過，如今也早斷了。再說，找幫手、肯不肯不說，不也得花錢？哪有白幫的呢？

由誰做局，還涉及到怎分配。這錢，未必能弄到多少，可分起來總嫌太少。如是，就想到各做各的局，需幫手時，大家互助、互為幫手。這樣，就只剩下算計如何避免硬幹、蠻幹了。

而小姐妹們，都是過來之人。於別的、也許不行，而於對付男人、拿捏分寸……那都是一流的、行家裡手，要不、又怎能做成二奶呢？至少，每個小姐妹、都有過不止一次的、成功的經驗吧？

可，說不上為什麼，小花就覺得、跟大個在一起時，挺開心、挺有安全感。而大個，卻從沒有給過小花任何承諾，哪怕是一丁一點的希望、也都沒有給過她。

這是不是、就是愛？說起來，小花也挺可憐。還沒有來得及愛，就做了人家的二奶；生存、生活的壓力，使她不得不這麼做。

在家鄉時，雖也有過個男孩；那，該算是初戀吧？可，他家更窮。一是父母反對，二是後來自己也想明白了、那是沒希望的，所以就不來往了。

而包了她的那個香港人，對小花、肯定是談不上有愛的，頂多、算是喜歡；且，還是那種男人都喜歡既年輕又漂亮的女人的、喜歡。這感覺，在小花心裡、是再明白不過的。

因此，小花也沒法愛他，而並不在於他年齡是否大、發際線是否已經往上走了……迎合，小花自然是知道。而迎合，當然是為了他的錢；或者說，是為了讓自己的生活好一點、再好一點。

與大個在一起，就不一樣了。大個總會替她著想，也總在意她的感受；小花，掂量過，是可以不高興、或假裝生氣的……但，她不會這麼做。小花，聰明就聰明在、知道自己幾斤幾兩，也知道越是在乎自己的人、就越是不能任性，不能跟自己過不去、糟蹋在一起的好時光。

小花，總覺得她跟大個有戲。可，又為何要選大個做這個局呢？小花也說不清楚。可能，是正好沒有別人、沒有一個合適的人……人，有時、就是這麼奇怪。

小花正胡亂地想著，大個已經出現、已經到了。

一見面，大個就先來了個摸頭殺；小花，立馬就開心地笑了。

「上哪去吃飯？」大個問。

「隨便。」小花道。

「那就簡單些。吃過飯、去看場電影，如何？」

「好的。」

吃完飯，從中式快餐店出來，沒有出大廈，大個就領著小花轉到一家影視廳。

「想看什麼？」大個問。

「隨便。」小花道。

大個也沒再說話，就選了個愛情片，又要了個包間；而後，領著小花去買爆米花、飲料。

兩個人的、昏暗的包間裡，小花一邊看著美國愛情大片，一邊吃著爆米花；而大個，則摟著小花、親親我我著。

也不知是愛情片中、暴露的鏡頭太多，還是發生了其他什麼，小花、竟快活得直叫喚。

直到電影快結束，兩人才談到今晚後面的節目。大個道差點忘了，說著、從皮包裡掏出一沓子錢，塞給小花。

捧著錢，小花開心的、一雙丹鳳眼瞇成了兩道彎彎的線；錢、也沒來及收，抓在手上、就摟住大個的脖子，要啃。

「猴急啥。」大個道：「今晚，讓你激動個夠，也舒坦個夠……」

這時，小花才想起、早埋伏在那裡的小姐妹們；看了看大個，小花心裡不落忍，低聲道：「今晚，不能去……」

「哦。」大個道：「差點兒忘了。我今晚還有事、急事，很重要。你自己回……」

話沒說完，大個已跑了。

待小花收拾了下、追出來，大個已消失得無影無蹤。

出了大廈，小花在大街上閒逛著。心裡卻在想，回去、該如何跟小姐妹們說呢。

就算自己不說，小姐妹們也定會問。大家問時，自己又該怎說、怎搪塞？總不能說，我喜歡上他了、所以不想幹了……

不知糾結了多久。馬路上、燈光下的樹影，被小花踩過來、又踩過去，踩過去、再踩過來……就這麼、來來去去地、不知道被她踩了多少遍，也不知還要再踩多少遍、才可以結束。

直到手機響了，她才站住。

手機裡，又只有條短信，是大個發過來的，叫她以後別跟那些姐妹來往了。

為啥呢？小花使勁想、也沒能想出個中究竟是啥道理。

沒理由再在街上呆著了。她，只好往回走。

回到小區，已經很晚了；可，姐妹們各自的住宅、燈都沒亮。到家後，跟她們聯繫、又都關著手機；一直到快天亮，還是都沒聯繫上、一個也沒有聯繫上。

第二天一早，報紙上卻已經登出來了：昨夜，現場抓獲仙人跳……其中，還詳細介紹了，如今的二奶村如何蕭條，做二奶的姐妹們、又如何發起、互幫互助，如何做局、又如何玩仙人跳……

這些信息，讓小花先是擔心，而後是不知所措，最後、不由地開始討厭自己。

在之後的很長一段時間裡，小花都一直郁郁寡歡；她的腦子裡，時而想大個、時而又不願想他……而大個，也一直沒有聯繫她、沒再聯繫過她。

漸漸，小花有一種感覺，覺得自己、和她的小姐妹們，是被別人做了局、被人玩了一把。

2021-1-13 南京

04 校園愛情

——小說・三百五十（九卷：師生戀與老少配）

教育部終於發文了，「不得與研究生發生不正當關係」。

她想，多麼好的文件呀！只可惜、發得遲了些，且、一遲就遲到了好幾十年。

她，出生在書香門第。她在想，媽媽、也出生在書香門第，外婆、同樣出生在書香門第、書香門第、該是知識的海洋、一片淨土……可，好像並不是這樣……

很小很小的時候，爸爸媽媽的工作都很忙，她被寄養在外公外婆的家裡。外公外婆，會經常拌嘴、經常吵架；可，她不明白他們在吵什麼、為什麼要吵。後來，也習慣了；她想，這或許就是愛情吧。

要上學了，她被接了回來、回到了爸爸媽媽的身邊。在爸爸媽媽的身邊，她發現，爸爸媽媽也經常拌嘴、經常吵架；她，還是不明白——他們，究竟吵什麼、為什麼要吵。

漸漸，她長大了，好像有點兒聽得懂了——媽媽，是對自己的婚姻、很不滿意；而爸爸，卻覺得非常驕傲。可，這、又有什麼好吵的呢？且，曠日持久、持之以恒……她，還是不懂、她的爸爸媽

媽，也包括、她的外公外婆。

一日，她終於悟出來了——於爸爸、引以為豪的師生戀，於媽媽、卻是不得已；而爸爸，卻還理直氣壯。

師生戀、且老少配，有啥權力、好理直氣壯的呢？除非，是外婆家欠了爸爸什麼。會欠什麼呢？有什麼好欠的呢？即便欠了，還上、不就得了嗎？她，想不明白。

讀書人，是含蓄的。而這一類事情，就更是遮遮掩掩的了。外公外婆的拌嘴，像是在雲裡霧裡；爸爸媽媽的爭吵，更如同在霧裡雲裡。

一筆糊塗賬，不去想。她，得努力學習，將來、才可能也當老師、當教授，像外公外婆、也像爸爸媽媽……這，是家庭的理想；當然，也是她自己的理想。

終於，大學畢業了。終於，考上了研究生；且，導師很好。

導師，是她喜歡的那種。導師，對她也非常之好。可，這樣的好，她卻又不太喜歡。畢竟，她還很年輕。

書香門第的她，外加校花，怎麼會沒有人追求呢？可，她卻就是沒有人追。漸漸，她明白了——是她的導師，像一個鐵罩、罩住了她；這樣，才使那些男生們、即便是喜歡，也沒有人、沒有膽量敢接近她。

這，太讓人寒心了。她對導師的喜歡，也陡然變成了一種討厭。然，導師卻依舊喜歡她；且，這種直接的喜歡、讓她覺得越來越難以接受。

終於，導師赤裸裸地提了出來，她理所當然地拒絕。然，她也因此而感受到了巨大的壓力——學業、怎辦，她不能總是躲著、永遠不見導師吧？畢業、又該怎辦，這、可是攥在人家手心裡的……

那晚，她被導師那個了。她，哭著、跑回家去。爸爸說，告他。媽媽卻說，算了吧，你不是、也真心喜歡過人家的嗎？

外公外婆，也來了。外公，傾向於告他；而外婆，則傾向於算了……在後來的很長的一段時間裡，她都一直弄不明白：媽媽和外

婆，怎麼能、怎麼可以說算了呢？

　　而當時，外公外婆和爸爸媽媽的最終意見，是把導師叫來，當著面、保證如何如何，並立下字據……

　　如是，她便很不情願地、與導師戀愛了、結婚了，並、很快就有了自己的女兒。

　　漸漸地，導師就老了，退居二線了；她，成了系裡說一不二的人。可，有意思的是，她沒有想到、自己竟然也會喜歡上一個研究生；她想，這、也許就是種報復吧？

　　她與小男生的事，最終傳到了導師、她丈夫的耳朵裡；那晚，他非常生氣、與她攤牌。她說，沒有實質性的內容。沒有實質性的內容、也不行，她丈夫說、這就叫精神出軌。

　　爸爸媽媽來了，外公外婆也來了。媽媽笑，外婆也笑；而爸爸、外公都勸她，收收心吧，好好過，人生、就這麼幾十年……

　　也是。小時候，在外公外婆家裡時，外公外婆還各自都在寫著書；如今，卻連走路、都很吃力了。

　　如是，就像當初那樣、也把小男生叫了來，三頭六面、她保證如何如何，小男生、也保證如何如何，並都立下字據；這樣，這事才算告一段落。

　　當然，她心裡、對小男生依舊有偏袒。這，自是誰也看不出來的；即便是誰看出來、又能怎樣呢，這、有尺度嗎？

　　沒有想到的，是自己也老了，也退居二線了；如今，在系裡說一不二的人、恰是那個小男生。

　　而自己的女兒，也考上了大學、考上了研究生，正在系裡讀研；女兒的導師，又恰恰正是這個小男生。關鍵，是這個小男生、還特別喜歡女兒……

　　正看著教育部的文件、「不得與研究生發生不正當關係」，並想著師生戀、老少配，想著外公外婆、爸爸媽媽及導師與自己；突然，女兒衝了進來……

　　女兒欲哭無淚，憤怒、已扭曲了她那張漂亮的臉。而她，從女

兒的衣衫不整中、也猜到了幾分；她，平靜地道：「啥也別說了，結婚吧。」

「結婚？你、是不是欠了他啥？」女兒問。

她道：「我問誰？是問你外公外婆、還是去問你太公太婆？」

無語，女兒與她、皆無語。

2020-11-12　南京

05　愛的互換

——小說‧三百九十五（十卷：賭人生）

雪媛就要拿到碩士學位了，可、怎就業呢？是去大公司投簡歷、求職，還是……尚妞，為她著急。

尚妞，總忘不了小時候的事。那時，家裡窮，父母都有病；清早起來，就得忙家務，不吃早飯上學、是常事。雪媛，每天都會給她帶點吃的；有時、是一塊面包，有時、是幾塊餅乾。

尚妞知道，雪媛的家裡、也不富裕；雖說她父母都是工程師，但公司效益不好，全靠自己業餘攬活、想法弄錢。但，雪媛就怕尚妞餓著，總要帶點啥；實在沒啥，也會帶粒糖果，或一小塊巧克力。

雪媛，也總在心裡感激尚妞。尚妞的家裡、實在挺不下去，她輟學後，就擺地攤、掙錢。有了點錢，尚妞常送自己文具；後來，就送參考書。

尚妞雖一直在自學，但並不知，有的參考書、暫時用不上，雪媛不忍心她花錢、勸她；可，尚妞說，存著、以後總會用上的。

確實，雪媛想，若不是早接觸那些參考書，自己怎可能在年級裡拔尖，又怎可能投檔美國名校就被錄取，更怎可能得到全額獎學金……雪媛心裡感激尚妞。

　　尚妞卻覺得，自己比雪媛早踏入社會十年、還多，就該照顧雪媛。我不照應她，她還能指望誰呢？

　　何況，自己從擺攤轉實體店，再從實體店開成大公司……哪一步，沒有雪媛的心血？尚妞覺得，雪媛不僅是閨蜜，也是自己事業發達起來的參謀、軍師，甚至、可以說是半個老板。可，每次要給她分紅，她總不要。天底下，還能上哪去找這樣的閨蜜呢？

　　而雪媛，覺得是尚妞成就了自己，自己才能一路領先……若沒有尚妞，自己現在怎樣、還都不好說，更不用說出類拔萃。所以，雪媛總想回報尚妞；可尚妞啥也不缺，因此能回報的方式少而又少。

　　所以，在找對象上，雪媛不僅是勸，還越俎代庖。不這麼做，怎行呢？跟她說，要抓緊，不抓緊、好男人被搶光了；可，尚妞她總是不上心。

　　沒辦法，雪媛才遠隔重洋、替尚妞報了國內的電視相親節目。尚妞不想去，雪媛逼她、甚至拿斷交脅迫。可，去後、方顯出鶴立雞群——「哇塞，擺地攤起家，現在公司、別墅、豪車，全有了！」

　　雪媛想，說那像群蛤蟆，一點都不過。逼急了，尚妞才跟一直追她的商仔、有一搭沒一搭地談著。

　　尚妞，知道雪媛的能力，想高薪聘請她。然，她又清楚雪媛不會幹的。她會覺得，這是一種施捨。若跟她說，這公司、其實有你的一半，那她就更不幹了。

　　一個哈佛的MBA工商管理女碩士，總得有施展抱負的平台吧？去大公司投簡歷，不說看臉色，啥時才能施展才華？尚妞了解雪媛，她不需要實習、適應，上手就能幹；因，自己的事業能做到今天，有她一半心血。

　　創業，也不太可能。說到底，還是錢的問題。雪媛，拿不到風險投資；因，風投只會給某項目，而不會給某人。

　　自己給她投，她又肯定不會要。過去給她提成，她都說點子不是她的，是相互影響、碰撞的結果。

　　尚妞，能理解雪媛。因為，她自己也是這樣的性格。萬般無奈，

尚妞想到了商仔……想讓他們在一起。如果這樣的話，那就啥問題都解決了。

且，商仔也確實不是自己真心喜歡的一類男人。如果雪媛能和商仔在一起，自己也就解脫了，就真的可以去找喜歡的男人了。

而商仔，也不虧。一個跟自己一樣，連張小學文憑都拿不出的人，能娶雪媛這樣的女人，那還不算天大的福分？

想想，尚妞都替雪媛覺得虧、虧大了。可，這是個講錢的社會；商仔，跟自己一樣，有錢、有公司……而這樣的話，雪媛、不就有了施展拳腳的舞台了嗎？

再說，別看商仔從不肯敞開心扉；尚妞覺得，自己都因沒有機會讀書、而特崇拜有學問的人，商仔就不會、就一點兒也不這麼想？尚妞不信。

如果商仔跟自己的想法一樣，那不就是成全了他倆？商仔是擺地攤時的小夥伴，尚妞知道，只要說出來，他寧肯犧牲自己；哪怕是暗示一下，他也會不動聲色地去做。

何況，自己每一次跟雪媛吐槽商仔時，雪媛總能數說出商仔的很多好來、勸自己。雖然、她這是為了勸自己，可、如果她不是真覺著好，又怎麼可能左一條右一條地、說得這麼清楚呢？

沒準雪媛還真喜歡商仔這樣的人，只因有自己的存在，或她自己也沒察覺、沒意識到。

而雪媛這邊，知道尚妞想要與商仔分手，更是急得不行。可，又沒啥辦法。雪媛知道，尚妞想找個有學問、最好是可以讓她仰望的。可、上哪去給她劃拉個這樣的人呢？就算是能劃拉到，人家又會怎樣看尚妞呢。

想來想去，雪媛想到了薛子。雪媛試探過，問他怎看尚妞，薛子的看法全是正面的；當然，這與是自己的閨蜜有關。反過來，自己跟尚妞吐槽薛子是公子哥、自理能力差時；尚妞總說，他就是個讀書做大事的人、細節差算啥。

不過，雪媛還是吃不準。再說，就算薛子肯，這話、怎開口？

直說，肯定不行；繞彎，又怎繞？

真頭痛，比碩士論文的答辯、還要頭痛。

雪媛覺得，這麼做功課、怕不行，得大家見上一次面；見了面，或許可見機行事。

尚妞也覺得，商仔帥，雪媛見了沒準就喜歡上了，那自己就可以抽身了。

兩人都這麼想，就有了雪媛和薛子回一趟國、聚一聚。

……

此刻，已是傍晚。西天那殷紅的餘暉，還沒有落盡；而五顏六色的華燈，已經初放。

露天酒吧，被鹿港小鎮的霓虹燈、彌漫出一層幻彩；自然，也少不了那一九一二的悠遠、與朦朧。

初見面時的激動，漸平息。各自打著主意的尚妞與雪媛，卻不知從哪說起；而蒙在鼓裡的商仔和薛子，更是不便打破這寧靜。

尚妞覺得，必須扛著；因涉及到等於是送錢、送施展才華的平台給她，雪媛是最敏感的，稍有不慎、準會翻臉。

而雪媛在想，正面說、無濟於事，何不正話反說、繼續勸她呢？或許，她會被激怒……只要是惱怒了，就容易出破綻；那，就可讓她、跟著我的思路走了。

望著尚妞，又看了看商仔與薛子；突然，計上心頭，雪媛道：「商仔，對不住你。我這閨蜜視力不好，耽誤了你這些年……」

「怎麼說話呢？」尚妞道。

「這麼有錢的大帥哥，你看不上，可不就是視力不好嗎？」雪媛笑道。

「你才視力不好呢。」果然，尚妞急眼了，道：「總替商仔說好話，你要覺得他好，幹嘛不跟他呢？你跟他呀。」

雪媛不急不忙，道：「是你讓我跟商仔好？可以呀。那薛子怎辦？你跟薛子如何？」

「嚇唬誰？跟就跟。只要薛子願意，我是沒有問題。」

「那好，那我們就互換。」

「換就換。誰怕誰？」尚妞真的槓上了。

「是你說的？不許反悔。」

「不反悔。」

「那好。」雪媛已把尚妞引入局中，便丟下她，轉向商仔和薛子，笑道：「二位，委屈你們了。」

「有啥委屈的？」尚妞對商仔道，「反正，我是鐵了心，我倆真的不合適。你能找個美國哈佛的MBA工商管理女碩士，你賺大了？不是嗎？」

商仔，沒有說一句話，只是苦笑了一下。

見狀，雪媛也對薛子道：「其實，我倆也不合適，只是我沒好意思說。你是公子哥，生活自理差；有了尚妞，她會把你照顧得妥妥帖帖。若要說賺，最賺的、其實是你。」

已經這樣了，還能說啥呢？薛子，傻樂著。他早從雪媛嘴裡聽說了，尚妞手中有資金、能幫著實現夢想；其實，他把事業看得比啥都重。何況，雪媛也說白了；而尚妞，卻像是撿到了個寶貝……

一切真的如願了，雪媛又想把話圓回來，便道：「我們這可不算互換。」

「是互換，又如何？」尚妞打斷道，「我們就互換、賭人生，小人物的一次大賭局。豪賭一把，又能怎樣呢？」

「好。」雪媛道，「那就約法三章：換了就換了，只能談成、不許分手；必須在一起，直到陰陽兩隔。」

「可以。」尚妞道，「我和商仔互刪聯絡方式，你和薛子也一樣。三十年後，無論成敗，也無論生活的怎樣；只要活著，我們來這相見，如何？」

「沒問題。三十年之後，大家都來這裡，重新相聚。」

……

三十年後的事，很遙遠。

不過，碼農薛子，後來真的很成功、很幸福。一切，如雪媛所

料，無論是在事業上、還是在生活上，都到了尚妞的相幫相助、悉心照料。而尚妞，自然、也真真地滿足了她的小虛榮。

雪媛，就更不用說了。有商仔的平台、讓她施展拳腳，那公司、被她做得是風生水起。沒想到的，是商仔；雪媛一展女強人風範之後，他倒成了甩手掌櫃，如是、他不吃饅頭爭口氣，讀書、做研究，最終竟成了個財經領域的學者。

2021-5-4~7 南京

06 初吻

—— 小說・三百六十五（九卷：三角戀）

這已是很久以前的事情了。

……

吉普車在山道上疾駛，車身上下顛簸、左右晃動著。隨著車的節奏，我的身體也前俯後仰、上下震顫、左右搖擺；時不時，不是屁股離開了駕駛座，就是腦袋碰到了車棚上的帆布蓬。

車窗外，分明是一片青山綠水、田園風光；可，這裡又確是戰區、戰場的前沿突出部。

戰爭，一如我的軍事理論新著《人性戰》所料——從火力打擊的能力，越過核武、細菌、生物及超限戰等，向著打擊參戰人員的意志、生存渴望等發展。

敵軍，已擁有了種新研制出來的武器——空包彈（不知其名稱，前線的戰士們都這麼叫）。

空包彈，並不直接殺傷戰鬥人員，而以爆炸後產生的超微波、破壞百米半徑之內的人、之肌肉神經系統，使其毀滅性壞死。

能類比的例子，只有面癱。然，面癱、是局部的、位置既定的；

而被空包彈殺傷後，則方位不確定、乃至全身性的。此外，面癱一般可逆、可治癒；而後者，則大多是不可逆的。

吉普車在山道上疾駛⋯⋯

出發前，基地參謀長把我叫去，問個人問題解決了沒有。我說會解決的。參謀長大怒，說跟你說了多次，叫你去見司令的女兒，你就是不聽。這次，是命令，必須去。

少有。有這麼拉郎配的嗎？一個大區司令的女兒，不相當於侯門千金？在哪不能劃拉到個乘龍快婿？幹嘛非要看上我？估計，那千金不是歪鼻、就是斜眼。

參謀長也是。大約是抓軍事抓膩了，想改當紅娘。可，我最煩的就是保媒、牽線、搭橋⋯⋯好像年輕人已退化，連自己戀愛的能力、都沒有了。

再說，我年輕時，多帥、多酷、多有才。我畢業於，等同於西點的軍校，且是高材生，還能文能武。武的，有前面提到的大部頭軍事理論專著《人性戰》；文的，則是我的小說，一年之內、兩上國內頂級權威期刊。

說真的，那時、我驕傲得像只白天鵝，有無數女蛤蟆、都等著想吃我的肉，至少也想看看我的八塊腹肌。

我憑啥要去戰地醫院，把自己送上門、給侯門千金相呢？相中了，倒也罷；相不中，我不是自找沒趣？叫我的臉、往哪擱？

我知道，參謀長是假裝讓我去前沿，總結戰術、抓戰鬥典型。可，這次我就偏要當真做。

我已篩選過戰鬥簡報，知道有個小戰士特勇敢，意志也堅強；他被空包彈殺傷後，不到半年、又重返戰場。

我打算，就把這挖掘出來，樹成全軍的典型。

吉普車在山道上疾駛⋯⋯

抵近前沿。忽，聽到一聲尖利刺耳的呼嘯。不好，我剛意識到，就已啥也來不及了。

待醒來，我已躺在戰地醫院裡；身旁，是位漂亮的小護士。

「終於醒了。」小護士異常高興。關照我：「別動、千萬別動，我去叫軍醫。」

可，當我發現自己全身麻木、已癱瘓時，死的念頭都有了，真的。我還年輕，一輩子就這麼躺著，還有啥活頭？

那段時間，我時醒、時昏迷，是小護士、在給我上特護。

漸漸，我知道，我是被空包彈打中；吉普車沒大礙，而我卻渾身沒了知覺。

小護士，每天給我餵水、餵飯，端屎、端尿，還擦身、按摩……還有，她的笑容、她的美，給了我活下來的希望。

我想，我總得重新站起來，才好感激人家。雖然，當時我並不知道該用何種方式感激她。

在小護士的照料下，我一點點地好起來。可她說，這都歸功於我自己，是我的體質好、求生的欲望也特強。

我想，這可能是因我當過特種兵、受過反審訊的訓練。當年，只覺得咱骨頭硬，沒想到肌肉與神經的訓練、竟也這麼重要。

自然，我也想到過參謀長說的、也在戰地醫院的司令的女兒。可，司令女兒、怎麼能跟人家小護士比呢？

小護士姓譚，我就叫她小譚護士。她挺開心、挺願意我這麼叫，還說還沒人這樣叫過。

我與小譚護士，相處得特好。自然，這不全是因她在照顧我，也因為——她特別漂亮、特別美。她的漂亮、她的美，讓我有種愛的衝動；我想，我必須好起來，癱在床上、有啥資格談情說愛呢？

可，我的病情剛好轉，參謀長的電話就打了過來，說我因禍得福；還問我，見過了吧，很滿意吧。

我問，見誰。參謀長說，司令的女兒呀。我說，沒見。可參謀長說，人家說見過了。我說，我都還沒下地，能見誰、上哪見。參謀長非說，人家說見過了，還挺滿意。我說，我能接觸到的、就只有小譚護士。參謀長說，就是小譚護士。

啊？就是小譚護士？我說，您說的、不是司令的女兒嗎？可，

咱司令、姓張。參謀長大笑、問我，誰規定女兒一定得跟父親姓。

也是，沒這樣的規定。可，這讓我很尷尬——我喜歡的是小譚護士，不是喜歡司令的女兒。我不知道小護士會怎麼想。

被參謀長說穿以後，我對司令的女兒另眼相看了。也可說，我們戀愛了。哦，不，應當說、是我戀愛了。

可，第二天，我發現：小譚護士，好像有點兒躲著我。也許，是害羞、不好意思。

我估計，又是參謀長，大約把電話打到了她那裡、捅破了這層窗戶紙。

但，畢竟都是年輕人，有真愛，其他就都不是事。

很快，我能動彈了。但，我的特護也停掉了；小譚護士，被調到了別處。

她一直都很忙。不過，總會忙裡偷閒、抽空來看我，給我帶點啥好吃的、或啥新鮮事，總給我帶來笑聲、帶來歡樂。

我竟有點慶幸，被空包彈打到……

獨自、躺在病床上時，我會盡情放飛思緒與想像，讓它們一會兒飛到過去、一會兒又飛到將來……飛累了，就讓它們去纏小譚護士。我對小譚護士，已經有了種依賴。

正當進展順利、可更進一層時，小譚護士來跟我商量，說醫院實在擠不出床位，要安排個小戰士、到我這裡來。我說沒問題呀，我這人從不把自己是幹部太當回事。

可，小譚護士說，這小戰士快不行了，很可能會死在我的身邊。這就更不怕了，我們都是軍人，都是戰友、病友……

就這麼，正昏死著的小戰士，連著病床、一起推了過來。

恰巧，又是小譚護士給小戰士上特護。這麼，我才知道，自己是怎樣被小譚護士、從死亡線上拉回來的。

漸漸，我也搞清了，這小戰士、就是戰鬥簡報上說的，那重返戰場的小戰士。

我肅然起敬，也盡力參與到、護理小戰士的日常工作中。我不

知，我這是想為挖掘典型、做些什麼，還是想幫小譚護士。

不過，我的腦子裡閃過個念頭：小譚護士，其實也是個非常好的典型；假如她不是司令的女兒、不是我的對象……

一日，小戰士終於醒了。我打算開始實施、挖掘戰鬥典型的計劃。可，小戰士不一會又昏睡了過去。

小戰士昏睡過去後，小譚護士告訴我，這可能是他的回光返照，希望我放棄計劃。

小戰士再醒來時，我就只好順著他聊了。

小戰士問我，護士姐姐美嗎？我說，美。他告訴我，他也覺得她特別美。還告訴我，護士姐姐對他特別好；上一次，就是護士姐姐護理他的，是她、讓他重新燃起了生的渴望，是她讓他重返戰場。他非常非常喜歡她。

不知為什麼，聽了這些話，我的心裡像被人塞進了酸葡萄，很不是滋味。

小戰士，醒過來的時間、越來越短；而醒過來的間隔，卻越來越長。

小戰士就要不行了。這一點，連我也能看出來了。

那天，小戰士終於又睜開了眼睛，看著坐在床前的小譚護士，用微弱的聲音道：「護士姐姐，我、不行了……」

「不會的，堅持住。你行的，上次、不就挺過來了？還重返了戰場。」她道。

「可，這次、不一樣，我知道的……」小戰士斷斷續續地說。

她沒再說話。也許，她不願再用善意的謊言欺騙他。

小戰士道：「姐姐，我、我喜歡你……」

「我也很喜歡你。」她道。

「我說的，不是一般的喜歡，而是、那種……」小戰士又道，「姐姐，我還、沒談過戀愛……你，能不能、吻我一下？」

不、不能，她是我的。她是我的對象，我未來的老婆……我想喊，可不知為什麼、我卻沒有喊出聲；而她，已俯下身去、對小戰

士道：「我也很愛你。」

說著，還將她那連初吻都還沒有過的雙唇，輕輕地貼在了小戰士的嘴唇上。

太近了，我都看清了——小戰士的眼角，溢出了幸福的淚水，而後慢慢地、漸漸地、閉上了雙眼。

之後，她站起身來，搭了搭小戰士的脈搏，又翻開他的眼皮、看了看瞳仁，才輕輕地將小戰士身上的白布單、往上拉，拉過他的臉龐、拉過他的頭頂，而後再輕輕地放下，給他蓋好。

她轉過身來，沒有看我，就離開去了。不一會兒，就有兩個男戰士過來，把小戰士連同他的病床、一起推走了。大約，是把他送去太平間。

不知為何，我的淚如雨下，止都止不住；我無助地在心中默默地喊：病友，不，戰友，去天堂的路上……你一定要一路走好！這不僅僅為了她，也是為我……

……

後來……她，成了我最心愛的人、我的妻子，直到今天。

2020-12-6 南京

07 錢生錢

——小說・三百四十七（九卷：美姨）

美姨年輕時，就像只母蜘蛛、牽著滿大街的男人們的目光；如今上了年紀，牽不動了、才被大家叫美姨。

美姨的一兒一女，也都公派去了美國留學，而後擅自談戀愛、結婚、生娃……落地生根，不回來了。因此，美姨就跟她的小老頭、老技師兩個人過。

　　老技師退休早，沒事就幫人修家電；是要錢的那種，不是做好人好事。別說，老技師還挺能掙錢的；掙到了錢，就全都交給美姨。美姨，不僅負責管錢，還負責跑銀行、看看有沒有國庫券好買。

　　銀行跑多了，就自然認識了理財經理。經理說了，你不理財、財就不理你。美姨覺得太有道理了，就把國債全都賣了，交給經理幫著理財、且都買成了基金。

　　買了基金之後，僅半年、美姨就虧掉了一半；經理說了，理財的理念是對的、先進的，怪只能怪太不湊巧、買了只最能虧的基金。

　　那就趕緊止損。美姨告別了基金，跟著在銀行門口認識的老太太們、去尋找高額回報的投資產品。

　　這麼，美姨就認識了一家高科技公司。人家高科技公司的收益率，不是按年算、而是按月算，且、每月高達百分之三十，還可以每月結清、提現。

　　汲取教訓，美姨不再傻等半年了，她等到第一個月剛滿、就趕緊去結賬。高科技公司，居然還真的還本、且給了她百分之三十的利息；如是，美姨就決定：繼續投，且一下投了兩個月；當然，是自動轉存，即複計利息。

　　可，還沒等到滿兩個月，在街上碰到的老太太們、就告訴她：高科技公司跑啦！血本無歸。

　　回到家裡一說，老技師大吵大鬧、竟要跟美姨離婚；官司打到美國，兒女的判決書傳真過來了：只許分居，不許離婚。

　　分居之後，美姨就與老技師、各人一套房，且互不往來。

　　不往來就不往來。沒錢了，美姨就做夢；許受高科技公司的影響，美姨夢想外太空。

　　還別說，美姨還就能夢想成真。一日，大白天，美姨在家、躺床上做夢玩，真的夢見了外太空來人。

　　美姨逢人就說，科幻小說、美國電影……都是瞎編，把外太空人描繪得沒個人樣。而美姨、親眼所見，外太空的人、跟我們區別不大，只是他們那裡一如仙境，所以長生不死，也所以比較顯老。

　　來見美姨的這位，就如同太白金星，不過是白眉白須。美姨，按民間習慣，管他叫壽星佬。

　　外太空，早已老齡化，沒有年輕美女；美姨在壽星佬的眼裡，就像是個天仙。

　　壽星佬控制不住自己、想上床，可、美姨並不是個隨隨便便的人。但，不知啥原因，最終、兩人竟然還是那個了。

　　那個之後，美姨就想哭；壽星佬說，那我教你個外太空技術——錢生錢。以後，你就不會再為經濟犯愁；生活，也不會再寂寞了。

　　說著，壽星佬便掏出一枚銀錠樣的寶物，說這就叫錢。那錢，看似銀錠，卻又通體發光、閃著的還是金光。

　　壽星佬告訴美姨：錢，會生錢。你養著，它能生很多很多的錢。

　　怎麼養呢？好不好養呢？它又吃什麼呢？美姨問。壽星佬說，好養，你吃什麼、它就吃什麼。比如，你早上喝牛奶，那你就也給它一小盅牛奶，你別餵它、別看它……不用管它，它自己會悄悄地喝。

　　中午，有個水餃、就可以了；晚上，有塊蘋果什麼的、就行。它，還不會拉屎、撒尿，不麻煩。

　　美姨還想再問，壽星佬說，飛碟就要離開地球了，夥伴們在叫他。臨走，壽星佬又親了親美姨，說你這麼聰明，會有辦法的；再說，我也不會不管，會隨時給你靈感的……只要你還能想著我。

　　說著，壽星佬騰空而起、衝出屋去。

　　美姨怕壽星佬把屋子衝塌了，便一個激靈、醒了過來。醒來後，美姨看看屋頂，好好的。回想著夢，覺著是假的；可摸摸下身，竟有那壽星佬遺下的濕濕的東西。揭開被子一看，還真有個似銀錠、卻又閃著金光的寶貝。

　　不過，美姨上的當太多了，也沒太當真。

　　美姨找了個大紙盒，開始養錢；每日、每餐，都會給錢些食物。她覺著，比養貓養狗省事多了。

　　一日，美姨發現：錢，真的生錢了，一窩就生了十個。

　　要不要餵奶呢？要不要分窩呢？美姨想。這時，果然靈感就來了。

　　在外太空的壽星佬的指導下，美姨的養錢事業、興旺而發達，且、樂趣無窮。

　　不久，那些老太太們就都知道了，都來要求領養一個錢。

　　無償，是不可能的。那麼，賣多少人民幣或美金、一個呢？美姨不太清楚。這時，靈感又來了……如是，美姨決定：領養，可以，一萬人民幣一只。且，管治病：小病，再交一千；大病，則交三千。若養死了，還可按五千人民幣回收。

　　剛開始，領養的人並不多，都嫌太貴。可，有人領養回去後，效果很好、利潤也大，並把生出來的小錢、賣到了美國去。

　　如是，老太太們便爭先恐後、來要求領養錢，並請求美姨辦講座。

　　如是，美姨就租了個大禮堂，在眾老太太們的簇擁下、走上了高科技金融的講台。

　　美姨，給老太太、老爺子們講：你不理財，財不理你；你不養錢，錢也不養你……之未來金融思想與先進學術。

　　美姨打比方說，一個木匠，做了三個木桶：裝水的，叫水桶；裝糞的，叫糞桶；而裝酒的，則叫酒桶。裝水的，人們用著；裝糞的，人們躲著；而裝酒的，人們卻品著。

　　這就說明，養什麼、非常重要！美姨道：只有養錢，才會錢生錢。養貓、養狗，就只會生貓、生狗。也許，有人會覺得養貓養狗、是種樂趣，可、養錢不也是樂趣，且、是種高尚的樂趣，是不是？

　　老太太、老爺子們，拼命地鼓掌。養錢，也很快成為了都市裡的一種時尚。

　　美姨，成了企業家。且，是位有學問的企業家。她開了家公司，取名為——美姨集團。

　　老太太、老爺子們，每日都會自帶乾糧、到美姨集團來湊熱鬧；當然，美姨會提供水、桶裝的熱水。

老太太、老爺子們，覺得美姨的事業、就是自己的事業。如是，就有人攛掇美姨集資、做大，再發行股票、上市。

美姨不敢。老太太、老爺子們說，百分之三十、不敢，百分之二十、還不敢嗎？百分之二十，美姨也不敢。如是，有人又說，那就百分之十五。

誰不想把事業做大？美姨就以百分之十五的高回報、集資。

這年頭，有疫情，經濟不佳，百分之五的回報、都難找；這百分之十五，不等於天上掉餡餅嗎？老太太、老爺子們，人頭湧動，把國庫券都賣了，來參股美姨集團的事業。

一月、兩月、三月……開始有人贖回了，贖回的人、越來越多了。美姨急了，就托夢給壽星佬。壽星佬也沒招。如是，美姨就想到了要去外太空。

這可是壽星佬求之不得的。如是，壽星佬打報告，經外太空常委批準，派一飛碟接走了美姨和美姨集團（那些繁殖出的小錢）。

而老太太、老爺子們，卻毫無知覺。見美姨集團不開門，還以為是美姨病了。一天、兩天、三天……老太太、老爺子們開始著急了，趕緊報警。

警察來了，也毫無辦法。過了幾星期，老太太、老爺子們急瘋了、拼命了，警察才強行進入美姨集團。

進了集團，裡面早已人去樓空，灰塵也落得很厚了；老太太、老爺子們，便哭天喊地。而警察說：一再告誡大家，不要相信高回報；你們，怎麼就是不聽呢？

老太太、老爺子們說，美姨說她是高科技金融公司。警察說，她說是外太空來的、你們也信嗎？

老太太、老爺子們說，這養錢、真的就是外太空來的。

警察說，難道你們要我去外太空抓她？

這麼，有知底細的，就說出了美姨家的老技師。警察一查，就查到了老技師的住址。

如是，老技師就被帶到了派出所。老技師喊冤，說他早已與美

姨分居、事實上離婚了。警察要看離婚證，老技師拿不出，急得滿頭大汗，說他早就知道、美姨早晚會闖批漏，所以要跟她離婚，可兒女們就是不答應。

這時，美姨在外太空得知老技師被抓，高興地道，叫你一輩子小看我，這回、也叫你嘗嘗我的厲害。

老技師被審了兩天一夜，審不出啥東西；且，老技師還幫派出所修好了空調。警察看他老實，只好放了他。

沒辦法的辦法，警察把美姨的材料整理出來、放在網上追逃。警察不信美姨會去外太空，又開了個「紅通」、全球追逃美姨。

辦完這些，警察也算是給老太太、老爺子們一個交代了。可，老太太、老爺子們，卻不肯相信、錢不能生錢。

因錢生錢，確實是很多老太太、老爺子們親眼看到的。如果不是親眼所見，誰會信呢？

2020-11-9 南京

08 醜·人性

—小説·四百（十卷：五十年前後）

黃昏，老宅。

古街上，三進的院落；後進院落的外面，臨水、傍山。

這裡，聽不到市井之聲；歲月，也彷彿是滲進了青石條縫隙裡的綠色苔蘚。

耄耋之年的他，望著夕陽。

石桌上，是一封、他上午簽收的信；而這封信，寄自五十年前。

他沒有想到。或者，完全在他意料之中；他一直在等，所以才孑然一身。

幾十年，踽踽獨行。雖然，他也曾領養過一對在地震中失去雙親的小姐妹，但、始終都沒有結婚，甚至、都沒有再談過戀愛。因為，沒有人能夠再撥動他的心弦……

他，不是沒有錢，而是非常有錢。古鎮上的文旅產業，幾乎全都是他的；城裡，還有大公司。

所以，人們懷疑過，他收養那兩個女孩的動機……然，他卻讓她們讀了寄宿學校；周末回來，也是帶她們去城裡，去博物館、遊樂園、電影院……

後來，兩個女孩長大了，戀愛了、嫁人了。

沒有人、能夠猜得透他的心思，就像沒有人知道他的第一桶金、是從哪來的，就像沒有人知道他下一步會去哪裡、做什麼……

但，他確有資本，也確有謀略。

不知是何因，人們敬畏他，可，在心底、卻沒人把他當成好人；儘管，他從沒有做過壞事。

他，天生是個想法不同於人、做法也不同於人的人。

幾乎一天就要過去了，他、這才打開那封上午就已經簽收的信。
……

子言，你好！

沒想到吧，沒有想到會收到這封信吧？我離開你、走了，已經整整五十年了。

當收到我的這封信時，你已是耄耋之年。

我想，你會活著，也定會活得很好。我相信你，對你很有信心；我的人生意外險，也會幫到你的。

我知道，你不需要我的幫助，尤其是這樣的幫助。可，你曾經對我那麼地好，我、別無選擇。真的，請你一定原諒我。

子言，你為我犧牲得太多了，所以我選擇犧牲自己；如果我不走，你是不可能重新開始新生活的。而我，會為你、也為自己難過。

我清楚地記得，你第一次見到我時的表情。你知道嗎？在那一瞬，你的雙眸癱瘓了，像被我攝走了魂魄；過了很久，那死了的眼

神、才又活過來，顯現出詫異、驚喜，從內心深處發出的、對我的美貌的讚歎，和由欣賞轉而升成的愛慕、一見鍾情……

我，也被你升華了。你不知，那一刻我是多麼的幸福。

也許，你並不知道，你的眼睛會說話、在說話，你的蘋果肌、也非常地配合；還有，你的眉毛、也會動……你沒有說話、沒有吐一個字，卻眉飛色舞。

打小，我就知道自己漂亮。也從不缺乏愛慕者、追求者，但從沒有過誰、見到我時，會像你這樣生動、這樣溢於言表，讓我感到快樂。

見到你的那一刻，我就記住了你，也決定要了解你、認識你，甚至我幾乎私定下了終身。因為，我從你的表情中，讀到了你的內心；知道你真心愛我。我相信，只有打動了你的心靈、是從那靈魂深處生發出的愛，才配有你那樣的神情。

事實證明，我的揣測全對了。我們相戀後，你對我的關愛，用任何語言表達、都顯得蒼白。尤其，當你得知我患上白血病時，你不離不棄的陪伴，直到今天、都歷歷在目；甚至，能動搖我此刻、已決定要離你而去的決心。

在我、對自己都不再有信心時，你依然那麼地堅定。你，為我、花光了所有的積蓄。

你，是沒有責任的；我，只是你的女友。你對我的愛、對我的好，超過了所有人，甚至是我的父母。

當我化療、頭髮掉光時，我真的很想放棄生命；是你，是你的陪護、私語，鼓勵著我，讓我相信醫學、命運、明天……

也許，是老天都不忍心讓你失望吧。我，真的如你的期望所描繪，一切都漸漸地好了起來。

你知道嗎？那時，我覺得，我是這個世上最幸福的人；因為，有你一直陪伴著我。

從絕症，到康復；再，一步又一步地、走近婚姻的殿堂……

也許，這世上還有另一個老天爺，看我得到的太多了，所以、

要打擊我。

可，那樣的打擊、也太沈重了，真的。

當我從車禍中醒來，發現我的四肢都不能動彈時，我真希望自己死掉，真的。我不能再連累你了。

我知道，你不會放棄我的。可，我已經連累過你一次了，我怎麼可以再連累你呢？

然而，我沒料到，我會遭遇比癱瘓更可怕的後果。

當時，我並不知道，我的雙手、不能動彈；但，我隱隱約約、已從你的表情之中、讀到了一種不可知的什麼。

是什麼，我不清楚。但，我看到了你的驚悚、退讓。當時，我不知你試圖躲避什麼；因為，我根本沒有想到、自己會被毀容，且醜陋到讓人恐懼、甚至是噁心的程度。

但，我知道你是有道理的。你對我，不僅僅是一見鍾情；在我身患血癌時，你那麼理性、那麼堅定，是幾乎沒有人可以做得到的。

是什麼，使你不由自主地躲讓。儘管、我不知道，但、我從你的眼睛裡讀到了憐憫。你、在可憐我，而不是原先的愛。

這些，是每個女人都非常敏感的。

而我不需要同情，真的。

我是個很要強的人。當我的這些微表情、剛剛表現出來，你、又變得很內疚。

可，我已讀到了你、內心深處的厭煩。這些，你察覺不到；你的微表情，沒能藏得住你內心過山車般的掙扎。

我了解你，知道你的情緒管理能力。但，控制力再好，心靈深處最享受的東西被撕碎時，那種刺痛、是誰也難以承受的。

不是嗎？我從你的眼睫毛的顫動中，感知到你在拼盡全力地控制著渾身的顫抖；我還從你的瞳仁、那不易察覺的放大中，察覺到了你的內心恐懼……

是什麼、讓你發生了如此大的變化？我不知道，一直都不知道。

當我的媽媽、來看我時，嚇得扭頭就走、且再也沒有敢踏進病

房半步；我，開始懵懵懂懂地意識到了什麼。

當我的爸爸、對我說「女兒，就算所有人都放棄你，你自己也絕對不能放棄自己」時，我才真正認識到了問題的嚴重性；所以，我只堅強地點了點頭。

當我爸爸、對病房外的媽媽說「她知道了，你放心」時，我徹底明白了，我只有讓他們回去。

從那一刻起，我開始算計。你不要怪我，車險理賠太少了，少得太過分了；毀容、毀掉一個女孩子的容貌，怎麼能這樣不負責任。

因此，我發誓、要讓他們賠一份大的。

所以，在身體好了之後，我用車險理賠的全部金額、買了份我的人生意外險。

我的爸爸媽媽，並不缺錢。何況，為我治療白血病、你花光了自己所有的積蓄；所以，我的意外險的受益人、只能是你。

該說的，我都已經說完了。

我知道，在你的心裡、會或多或少地責怪我。怎責怪，我都不會怨你。

我很快樂，因為、你已平平安安地過到了耄耋之年。現在，無論你想做什麼，我都不反對。

這，也因為我太了解你了。幸好，這五十年、我沒有天天跟你在一起；否則，我們也難免會要吵架。不是嗎？

最後，請允許我，向你的愛人問好、向你的孩子們問好！

永遠愛你的春瑾 敬上

……

春瑾，並不知道，她的子言、也一直都愛著她，永遠愛著她，沒有再愛過任何人；所以，他才始終孑然一身、踽踽獨行。

自然，她也不可能知道，前幾年，他就已在安排後事，他承包了老宅後面的那座大山，且把她的墳移了過去；還在她墓地的不遠處，蓋了幾間茅屋……這些，也是為他自己準備的，為他最後的日子、所作的準備；他，要在那裡陪伴著她、走向人生終點。

她，也不可能知道這些。

她可能知道的，是他已作出了的決定，退還保險公司的人生意外理賠。

同時，還要把他名下的所有財產，都捐出、捐給醫美事業；尤其，是那些在車禍中毀了容的人們；讓那些像春瑾這般的人，不再會有遺憾、永遠不會再有遺憾。

他，給他的律師、寫了信，還給律師事務所、立下了字據，並留下了所需的印鑒；且，還在這夜半、把電話打到了律師的家。

……

天，剛有點蒙蒙亮。

他，背著背包走出老宅。他，告別老宅、告別古鎮，告別所有的一切；他，要到山裡去、到茅屋去，到她那裡去，去那裡陪伴她、陪伴自己的摯愛，用餘生、用生命中最後的年華。

他、深信，這樣、也會很幸福，心裡、一定會非常非常地踏實。

2021-6-18~19 南京

09 遺情乎

——小說・三百八十七（十卷：與陌生女孩的通信）

退休後的張將軍，依然保持著良好的讀報習慣；尤其是當地的《石頭城日報》，他每天一字不落、從頭看到尾，連每一條廣告、也都照看不誤。

一日，報紙的廣告欄裡，竟然出現了、他張大奎的名字。

廣告曰：

張大奎將軍，請留意您的信箱、有封遠方的來信。

自喪偶之後，諸如開信箱、取報紙之類的事情，早已都改由張

將軍親力親為了。但那信箱較深，且是半截門，一般取了報紙之後、誰還會再看裡面還有沒有啥呢？何況，如今的人們、也早已幾乎都不寫信寄信了，誰又會給自己平添失望？

這，或許就是那廣告刊登的意義之所在。

不管怎樣，人家都在報紙上刊登廣告提示了，張將軍也只好去打開信箱、伸手進去掏一下；而這一掏，還真就掏出了一封信來。

信封上大書著幾個字：張大奎將軍親啓。而信封的背後，貼的卻是外國郵票。

國際郵件？張將軍警惕性非常高，沒有去拆那信，而是先給保衛部打去電話，報告了此事。

可，保衛部卻說，您都退休這麼多年了，您個人的信，我們就不管了。如真的涉及到了國家機密，請再聯繫。

涉及到了、再聯繫……豈不就晚了？怎能這麼處理呢？

張將軍拿出手機，給那信封正反面都拍了照，才撕開、取出信來，一字一句地讀。

那信中，則是這樣寫的：

張大奎爺爺，您好！

我叫阮氏嬌。今年，剛滿16歲。我的親爸爸，是您的親兒子；您，是我的親爺爺。

我的奶奶，叫阮氏玉。您不一定能記得她的名字，但、看到人，您一定會有點印像的（這是奶奶親口對我說的）。

四十多年了，奶奶一直沒有忘記您，如今更是非常想念您。

奶奶說，當年的情況很複雜，又知道您家中有妻子……所以，奶奶無怨無悔。

這麼多年了，我們一直都在關心著您，想方設法打聽您的消息。知道您去年喪偶，如今子女又都在國外定居了；所以，我們給您寫信、想請您來越南，和我們一起生活。

我和我奶奶，都願意伺候您，一直到永遠。

遙拜爺爺大安！

　　　　　　　　　　　　　　　　　您的親孫女：阮氏嬌

　　讀完這信，張將軍頓時傻了眼。

　　在越南，我哪來的親兒子？又哪來的親孫女？那個阮氏玉、又是誰呢？張將軍百思不得其解。

　　當即，張將軍就想到了當年連部的通訊員；好在，當年因傷殘而退伍的李小兵也是本市人，且一直有些往來。如是，張將軍抓起電話，叫李小兵趕緊過來。

　　李小兵飛馬趕到，張將軍就把信給他看了。

　　看完信，李小兵就叫了起來：「這是哪對哪？她們，是不是想訛您、想要訛您一大筆錢？」

　　「不知道。但，越南、現在好像也不是很富裕。」

　　「那就簡單了，別理她。」

　　「不理？不太好吧？如果、萬一⋯⋯」

　　「啥如果、啥萬一？首長，難不成、您還真的有過那種事？」

　　「嗨，你都想到哪裡去了？第一，當年軍紀多嚴？我就是有賊心、也沒那賊膽，是不？第二，那時，你成天跟在我的後面，我都沒有過獨處的時間，怎可能幹出那種事情？」

　　「這就簡單了，給個不軟不硬、話中帶話的回信。」

　　如是，在李小兵的策劃下，這封回信、就出來了，並、很快就發了出去。

　　信中寫道：

　　阮氏嬌姑娘，你好！

　　那場戰爭，早已過去，我們既不必回憶，也不必議論。

　　自古，軍隊皆有軍隊的軍紀。何況，當時我是連首長，身邊也從來就沒有斷過人⋯⋯

　　我也請來了當年連部的通訊員、一起回憶，然，確實想不起來你奶奶、阮氏玉，是誰、或是個啥樣子。

　　如果你們認定你的父親、是我的親兒子，我願意接受親子鑒定⋯⋯

　　而如果你們是想舉報什麼人，我也很願意幫你們向我方軍紀部門傳遞信息。

　　再，如果你們經濟困難，我個人也很樂意解囊相助。

　　祝好！

　　　　　　　　　　　　　　　　　爺爺輩的陌生人：張大奎

　　信發出去之後，沒有幾天，回信、就過來了。

　　張將軍看後，很是尷尬；如是，又一個電話、叫來了李小兵，一起商討。

　　阮氏嬌的回信，是這麼寫的：

　　張爺爺，您好！

　　拜讀爺爺的親筆信，甚是高興，也甚是難過。

　　高興的是，四十多年了，奶奶終於跟您聯繫上了；而我，也終於見到了從未謀面的親爺爺、叫我「阮氏嬌姑娘」（過去，奶奶和爸爸都說過，我的名字、是應該由您來取的。）

　　難過的，則是您把我們都看扁了。這麼多年，奶奶一直惦記著您、想念您，這是情感、是一份真情實意，而不是其他，更不是為了錢。

　　請原諒，我這個晚輩說您——您這樣，往輕裡說，是對奶奶往日的愛的蔑視；而往重裡說，則是對奶奶的情感的玷汙。

　　奶奶說了，也許您真的一直不知道、有我爸爸的存在；所以，我們一致選擇：原諒您。

　　而我們聯繫你，除了願意照顧您，還有一事：就是想認祖歸宗。我們全家都希望改姓，跟您姓張。

　　祝爺爺幸福！我和奶奶都願意伺候您。

　　　　　　　　　　　　　　　　　　　孫女輩的阮氏嬌

　　看完信，李小兵無語。

　　張將軍道：「李大軍師，你的點子出餿了吧？出格的事，我沒幹過、就是沒幹過；可，也沒必要在信裡夾槍帶棒。這下，被動了吧？」

　　李小兵想了想，道：「我，還有一招。」

「說。」張將軍道。

「您退場，我來回這封信。」

「這不會又是餿點子？你回？可，你怎麼回呢？」

「這樣，我馬上就寫。寫好後，給您看。您若覺得可以、同意，我們就發；不同意，那就再想別的辦法。」

如是，李小兵坐下來就寫、又炮製出了下面的一封信：

阮氏嬌姑娘，你好！

我叫李小兵，是個普通的殘疾退伍軍人，也是你張將軍爺爺當年的老部下、老戰友，還是你張將軍爺爺當年當連長時、連部的通訊員。

你給張將軍的第一、第二封信，我都有幸看到了。當年的事，信中很難說得清楚；也許見面一說，就啥都清楚了。

如今，你張將軍爺爺，雖已喪偶獨居，子女又都在國外定居；然，他畢竟是位將軍，條件很好，不需要特殊的照顧。他，一再讓我感激你們的盛情。

而我，是個殘廢軍人；回來後，一直沒有成家。如今，遲遲暮年，很羨慕別人有兒有女……

像我這樣的情況，不知能否接納？

順告，我有退休金、傷殘金等，我會都帶上的。

另，我一直是生活自理的；至少，目前還不至於會很麻煩別人。

爺爺輩的陌生人：李小兵

李小兵寫好信後，請張將軍看。張將軍看罷，道：「不行、不行。你這不是、想娶人家阮氏玉嗎？人家怎麼會同意呢？」

「沒有呀，我沒有想要娶人家的意思。我只是想過去安度晚年，也正好試試她們。」

「那人家會同意嗎？」

「不知道。不就是試試嗎？不試，又怎能知道她們是否真心、是怎想的呢？」

如是，這封信就這樣發了出去。

可，沒想到的是，回信又很快就過來了。

回信道：

李小兵爺爺：您好！

來信收到，且拜讀。也許，您和張將軍爺爺，都誤解我和我奶奶的意思了。現在的我們，也並不差錢了。

我的爸爸和媽媽，是從事邊貿生意的。我們家的條件，很不錯；至少，在我們這裡也算是數一數二的了。我從小，就沒有吃過啥苦。

而且，做邊貿生意，也不像從前那麼辛苦了。我奶奶說，過去做邊貿生意，就是搶攤位……而如今，我的爸爸和媽媽，只需要查查信息、下下單……

李爺爺，您願意來，我自然非常高興！我代表我和我的奶奶，歡迎您！當然，如果您能和張爺爺一起來，我們會更歡迎。

我和我奶奶，都真心希望張將軍爺爺能來看看，不喜歡、可以回去的嘛。

吃和住，都不是問題。對了，忘了告訴您們：我們家新開了民宿。民宿的這部分，歸我和我奶奶管；我是經理，奶奶是董事長。但，一般都是我說了算，我可以做主。您就快來吧！

請您別再提錢。我既不想說大話，也不作任何保證；但，至少我能做到：我如何待我奶奶，就一定會如何待張將軍爺爺和您。啥也別說了，快來吧！

敬頌大安！

孫女輩的阮氏嬌

在信封裡，阮氏嬌還附了一張她的近照。小姑娘，身著一襲月白色的奧黛，確實非常的美。

人家不是那意思。李小兵收到阮氏嬌的、熱情洋溢的回信後，反倒不知所措了。

李小兵去找張將軍商量，張將軍笑道：「我才不管你呢！這，全都是你自作聰明、惹出來的事。你，就自己想辦法解決吧。」

而李小兵，則勸張將軍一起去。張將軍卻道：「我才不去呢。我

要是去，那就是專程去、做DNA鑒定的。」

2021-4-1 南京

10 臥底

——小說・三百七十六（十卷：黑道）

我剛接受了上級布置的任務，準備去一個販毒集團臥底，自己卻先被人綁架了。

這幫人，從後面上來、先給我套上了黑頭套；我剛要掙扎，雙手就被左右兩邊的人、擰到了身後，幾乎同時、一根繩索套住我的脖子，隨即、我就被五花大綁了起來。

這幫人、狠聲惡氣、推推搡搡，把我塞進了一輛車；上車後，在我的兩腳、兩膝蓋處，又分別紮上了兩道箍。

我趕緊道：「哥們、哥們，有話好說、有話好說……」

他們卻掀起黑頭套的一角、往我的嘴裡塞了一團臭襪子之類的髒東西，惡心得我直想吐；可能是見我鼓起腮幫、想啐出來，這幫傢伙又用封箱的膠帶紙、連同那團髒東西，給我兜嘴帶後頸脖、繞了三四圈。

沒轍了。我便想，什麼人會綁架我呢？我跟誰，都沒仇；就算接受了臥底任務，也才是第一次，還啥都沒幹。再說，任務是秘密的，除了上級、就沒人知道。

圖財？把我綁了，找誰要錢呢？找我老婆要，她都靠我養著，哪來的錢給你？找我媽要，我媽去年剛死。找我爹要，我爹死了好些年了。找我單位要，這不是找死、自投羅網嗎？

如是，我相信、是他們搞錯了。如果真是搞錯了，就沒有必要跟他們玩硬的，我便裝傻充愣、他們也早晚得放了我。

51

想好了對策，卻又不能跟他們溝通，我就乾脆放寬心睡覺。我知道，我雷鳴般的鼾聲、也能向他們說明些啥的。

有沒有發出鼾聲，我不知道；但，我很快就呼呼大睡了。

睡夢中，依稀聽見有人說：「這小子太嫩……」

啥太嫩？為啥說我太嫩？難不成、是自己人？是還沒去臥底、先考驗我下？我想說，我可是出了名的硬骨頭。

可我剛一動，啥還沒有來得及說，已被他們「嘣」地一記老拳，砸在了鼻梁上；那酸呀疼呀，害得我鼻涕眼淚流了一大把。

我還想掙扎，卻被打得更凶。

很快，我就失去了知覺、失去了意識，啥也不知道了。

不知過了多久，我好像被從車上拽了下來。好像，又被他們拖進了一間屋子、或山洞之類的地方。

黑頭套剛被摘下，我的眼睛、還沒來及適應周圍的光線，也啥都還沒看清、就又被戴上了黑眼罩。

總算在撕扯那貼在我嘴巴和後頸脖子上、繞了三四圈的封箱膠帶紙了，那臭襪子之類的東西、也被摳了出來。我想大口喘氣、卻不敢，因那惡臭還沒散盡；想啐口口水、也做不到，因嗓子眼乾得直冒煙……

「給他口水喝。」有一個聲音、在指示其他人。

大約，是瓶礦泉水、送到了我的嘴邊；我還沒有被鬆綁，只好張著嘴、由他們灌……

我想，無論誰綁架我、把我綁架到哪裡，跟小嘍囉是沒法扯得清的，便道：「我要見你們的老大。」

「要見老大？給我打！」剛才讓人給我喝水的那聲音、指示道。

「啪！」有人就給了我一記大耳光，邊打邊道：「叫你要見我們的老大。」

說著，拳頭像打沙包式地、砸在了我的身上；感覺中，打我的人、已不止是一個了，起碼得有兩三個。

「還要不要見老大了？」打我的那人問。

「不要了。」我不敢說要。其實我要見老大，也沒啥特別意思；不讓見，就不見好了。

「最先跟你說話的，是我們的二當家。跟你說句大實話，老大快死了，只剩一口氣……」打我的那人道。

「跟他說這些幹嘛？」

「是，不說。」

「可以老老實實回話了嗎？」二當家問我。

我怕再挨揍，趕緊道：「有什麼話，您儘管問。」

「那你說說，你家的、那幅唐伯虎的畫，現在、在哪裡？」

「早沒了。怎還可能知道、現在在哪裡。」

「怎沒的？」

「還是上世紀六十年代初，就被我爹拿到夫子廟舊貨市場賣了。那時我還小，是我爹帶我去的。」我道。

「真的？」

「騙您是小狗。」我道，「我爹賣了畫，就買了塊上海表、買了件呢大衣，剩下就沒幾個了。我媽、我外婆，還跟我爹吵了一架。」

「那銀元呢？是日本人來時、跑反，你家倒在井裡的、那些銀元。」

「你、怎會知道得這麼清楚？」我不解地問。

「你別管。」

「你不說，我也不說。」

「你不可能懂的。你以為做黑道容易？」二當家道，「做黑道、布線，有的是早幾百年前、就已經布下了。」

「真的？」

「這麼跟你說。」二當家道，「為啥考古的、發現不了古墓？而盜墓的、一盜一個準呢？這，就是祖上布下、傳下來的線索。」

「他們祖上為何不盜？」

「當時情況不許可，或留一份財富給子孫……各種可能都有。」

「留一份……給子孫……」我不信，道，「他們祖上又怎麼知道，

他們就不會絕後呢？」

「子孫，自然是也包括徒子徒孫。」

「哦，我明白了，這就像我們世家子弟，也不會把財富全都花光。」我道，「我絕對相信，曾國藩把太平天國的財富、全都押回湖南，埋起來了。」

「別扯，說你自己的。」

「您還沒告訴我，您是怎麼這麼細、知道我家底細的。」

「你有個太公吧？」

「是。」

「你的太公，不是你的親太公。」

「我知道，是我太太或叫太婆、的弟弟。」

「也不是你太婆的親弟弟。」

「是親弟弟。」

「被掉包了，狸貓換太子了。是黑道的臥底，懂吧？」

「真的？」我道，「那是誰的太公？」

「我們老大的太公。」

「是這樣，難怪這麼清楚我家過去的事。」

「該說出銀元的下落了。」

「也早沒了。」我道，「我太婆去世的那年，就雇人掏井、全取出來了。」

「銀元呢？」

「賣了，拿到銀行去兌換了。」我道，「當時，市面上已不允許銀元流通了，得開證明，一次性地兌換。」

「幾萬個銀元吶……」

「是呀！當時，一銀元只能兌換一塊錢。」

「幾萬塊錢，在當時更是個大數目。錢呢？都花光了？」

「可不是？這都幾十年了。」我道，「何況，那時我外婆還在世，我家飯特鬆，老家誰來、都能坐下來吃飯，且、都是好酒好菜好飯……」

「行了，別說了。」二當家道，「那你的錢呢？你不是有兩萬股貴州茅台股票？」

「也沒了。」

「不可能。怎麼又沒了？」

「怎不可能？」我道，「都說科技股好，我就都換成了科技股。」

「那你的科技股呢？」

「換成科技股的第二天，就跌停，天天都跌停……」

「總不可能跌成零吧？」

「雖沒有跌成零，可、退市了呀？」

「踏馬的，算我倒霉。」

「怎會是算您倒霉呢？這不分明是我倒霉嗎？」

「我綁架了你這麼個倒霉蛋，難道還不是、算我倒霉嗎？」

我正要跟二當家說、深表遺憾之類，突然、動手打我的道：「二當家，別信他的。他不吃些苦頭，是不會老老實實說的。」

「那就交給你。」二當家道。

「啪！」那動手的，二話沒說就開打；這回，不是大耳光、而是用沾了水的皮鞭抽……

不知道究竟打了多久，我早昏了過去。

昏迷中，只覺兩個警察朝我走來，我趕緊叫：「喂，我是自己人。我們是同行，快救救我。」

「誰跟你是同行？」警察卻道。

我道：「我是真警察，真的是警察，我的警號是……」

沒等我說完，兩警察脫下警服、露出了裡面的白大褂；他倆相互聊著，道：「果然是妄想狂、精神病，給他打一針。」

原來，他們是假警察？可，為時已晚。被打了一針的我，不能再動彈了，可意識卻十分清醒。

一白大褂問：「你家祖傳的唐伯虎的畫，現在在哪？」

「早就沒有了，早賣掉了。」

「你家的幾萬個銀元，現在在哪？」

「也早就沒有了。」

「你的兩萬股貴州股茅台股票呢？」

「也早賣掉了。」

「不老實。再打，狠狠地打，打死為止。」

「真的都沒有了呀！真的……」我被自己真誠的痛哭、感動得醒了過來，才發現：哪來什麼白大褂？我還依舊被蒙著眼罩。

一定是被打得痛得失去了知覺。我，竟然、睡了過去，且、做了個夢……

從夢中醒來，我用耳朵辨別著。

還是原來的地方。可，周邊已是一片寂靜；大約，打我的人、也全都打累了、去睡了。

我拼命地回憶著，從我接受上級布置的任務、準備去一販毒集團臥底……開始回憶，想找出、自己為什麼會被人綁架……

忽然，聽到微弱的呼叫聲：「長江、長江，我是黃河、我是黃河。請求歸隊、請求歸隊。黑道老大將死，只剩下了一口氣；我也早已是二當家，再不歸隊、就要混成黑道老大了……」

雖然、依舊被黑眼罩罩著，但、無論從聲音、還是從內容，我都可以確定，這、就是審訊我的二當家。

原來，二當家是自己人？如是，我也呼叫：「長江、長江，我是淮河、我是淮河。他們搞錯了，他們搞錯了。請求歸隊、請求歸隊……」

誰料，還沒有待我呼叫完畢，「嘣」地一聲，我的後腦勺上、就又被重重地砸了一大悶棍……

待我再一次醒來時，已被扔在了郊外的亂墳崗上。

2021-1-19 南京

11 有錢人

——小說・三百六十八（九卷：沒錢人）

中斷了三十年的音訊，且其中連一次都沒有聯繫過的發小，七拐八拐、托人從美國捎來信息，說某年某月某日、將從美國歸來，如果有可能、請大A去機場接；並關照，找家大酒店，要最好的菜、最好的酒，哥倆要好好敘一敘。

不知怪傳遞消息的人不努力，還是怪大A沒手機。反正，待大A得到信息時，離飛機落地、僅剩幾個小時了。怎辦？這些年，大A沒混好。不僅沒混好，且還單著；也不僅還單著，連住房都沒有。

這些年，大A是哪有工可打就上哪。有工打，自然有吃有住；這也不是人家公司包吃包住，而是有了工作、吃住就自不成問題。沒工打時，也自是餓一頓飽一頓。至於住宿，澡堂、網吧、車站、公園……哪都睡過。

注意，這裡絕沒有說社會不好的意思，而是怪大A自己太有個性。比如，大A的姐姐姐夫都當官、一直都在當，且姐夫的官、如今很大。當年，大A的工廠不景氣、想調出來；大A找姐夫說，姐夫只說了句、這忙幫不上，大A就從此不登姐姐姐夫家的門。

還比如，大A的妹妹妹夫都是大老板。當年，大A的工廠倒閉了，他想去妹夫的公司看門或守夜。也僅剛說了個意思，妹妹嫌他看門守夜太丟人、沒同意；又因此，大A再窮再餓、也沒再向妹妹妹夫開過一次口。

而這一回，是發小要從美國回來。大A想，發小已去國三十年，也算是美國人了。既是美國人，就不再僅是發小，而成了中國人與美國人之間的事。這樣的話，自己無論如何都不能給中國人丟臉。

不能給中國人丟臉，這事就大了。大A，這才想到了姐姐姐夫。在街邊，大A給姐姐姐夫打電話，說了自己的想法。姐姐姐夫說，大A做得對，識大體、顧大局；叫大A去，衣服隨便挑，因大A與姐

夫的身材一樣、連腳上的鞋碼都一樣。

大A往姐姐和姐夫家去。心想，這些年，沒有妨礙他們當官，他們才有今天、才可能爬得這麼高；如今，去借一身西服、算得了什麼，又不是不還他們。

而大A的姐姐姐夫也覺得，這麼些年了，為了安安穩穩地當官，從來沒有關心過、過問過大A；如今，大A為了國家的體面、才開口，咱就是送他套西服又如何。

大A趕到姐姐姐夫家時，姐姐和姐夫已在大門口迎候了。進了家，大A的姐姐、打開姐夫的衣櫥，讓大A隨便挑。大A的姐夫，也過來幫著參謀選哪套。

選了套藏青色的西服，換衣服時，姐姐姐夫這才發現大A裡面的衣裳，又舊又髒，甚至還有破洞。姐夫又拿出襯衣；姐姐，則安排大A洗澡。

大A從裡到外，全都換上了姐夫的新衣裳，連褲衩、襪子及皮帶、皮鞋也換了。臨了，姐姐還給大A繫上了條國色的紅領帶。

這時，姐夫想到大A沒有手機，將女兒淘汰的手機拿了來、插上張沒用過的新卡；對大A說，舊手機，別嫌棄。大A一看、是蘋果6，還有啥好嫌棄的。

姐姐又幫著大A、聯繫妹妹妹夫。妹夫答應，將一輛大幾百萬的豪車、借給大A開到機場，去接美國回來的發小。

如是，大A又往妹妹妹夫家趕。

到了妹妹妹夫的家，妹妹和妹夫也已在門口迎候大A。

沒寒暄，妹妹就將一塊價值十幾萬的手表、戴在大A的腕上；自然，這是借給大A的。

而妹夫，則早已將那輛大幾百萬的、半新的豪車，開了出來、停在了路邊。

大A上車、發動，試了試；而後，跟妹妹妹夫揮了揮手，就開著豪車、到機場去接發小。

一路上堵了兩回車。但，還算好，時間都不長。

趕到機場時，飛機早已降落；進機場，已是既沒有可能、也屬於多餘了。如是，大A就在出口處等著。

終於見到發小了。可是，大A完全沒有想到：發小，竟然很隨便地穿了件質地很一般的、深色的休閒衫，裡面還是件淺色的T恤。

認出後，自然是握手、擁抱，這些是少不了的。

幫發小把行李箱、放進豪車的後備箱後，大A便迫不及待地問：「在美國，你混得怎樣？」

此刻，大A有點後悔借衣借車了。他很怕發小、在美國沒有混好，而以為自己混好了，倒過來、會開口借錢。如果發小真開口的話，那可怎辦？

「一般。」發小道，「在矽谷開個小公司，雇了幾十個人。」

「矽谷、小公司、雇了幾十個人？」大A不能理解，就問，「那這在美國，算是好的、還算是不好的？」

「一般，真的。」發小道，「在美國，華人混得好的，不少；但，混得不好的，也很多。我，也只能算是不好不壞。」

看來，發小還不至於會找自己借錢。大A這就放心多了，話也漸漸多了起來；也因此，還差點兒刮蹭到旁邊的、被他超車的車。

「當心！開慢點。」發小提醒道。

大A不再說話，專心致志地開車。可，他心裡卻在想，幸好沒有刮蹭到；要是刮蹭到了，那可真是麻煩大了。哎，第一次借車，這運氣、怎還是這麼差。

而發小，則看著車窗外機場通往市區的田野，問大A：「去哪一家酒店？」

「金陵飯店。」大A道。

豪車，在大A的駕駛下、向著市區進發。

進了市區，大街上的人們的衣著、也明顯地鮮亮起來；花枝招展的，像過去的舞廳剛散了場。

「哎，南京的變化，真的是太大了。」看著沿街的景色與人們，發小發自內心地感慨著；隨後，道：「聽說，金陵飯店、如今也已很

落伍了。」

大A，平時沒機會出沒這些場所，所以、並不知道行情；聽發小這麼一說，只好道：「是。但，我已經習慣了去金陵飯店。」

是習慣，這沒啥問題。發小不再說啥。

到了金陵飯店，泊好車，發小說先吃飯、喝酒，坐下來好好敘敘，問在哪裡就餐。

「旋轉餐廳。」大A想都沒想。

可，到了旋轉餐廳，只有自助餐。發小道，這是不是太簡便了；還說，我買單、我帶錢了。

而大A道：「自助餐很好，輕鬆、又隨意。」

如是，發小只好實現了大A的心願。

金陵飯店，坐落在南京市中心；而旋轉餐廳，則處在二十幾層的大飯店的頂層。

窗外，是新街口商業圈。此刻，天色、漸漸暗了下來；華燈，初放——遠遠近近，皆是五顏六色的光、與暮靄的交融，真是美極了。

大A，讓發小先去取菜，自己留下來看座和東西。而發小，則貪看窗外景色，非要大A先去取菜。

恭敬不如從命，大A便先去。一會兒，大A端回來了兩個大盤；盤中，有兩大塊牛排、一根豬排、三個雞腿、兩塊鴨脯，還有香腸、鴨肫、紅燒蹄膀、鹵豬腳爪、鹵雞蛋等等，全都是硬菜。

發小道：「我自己來。」

大A道：「我懂，這兩盤都是我的。你自己去取，別客氣，不吃白不吃。」

發小去取菜。他，只取了一塊牛排、一片面包，還有一些沙拉；很快，就回來了。

而大A，已把剛剛取來的兩大盤硬菜，幹掉了其中的一盤；正將第二盤、摞在已經空了的盤子上，準備開幹。

發小道：「你胃口不錯。」

「是，今天特別餓。」大A回道。

「你不胖。」發小道。

大A道：「現在，大陸流行健身；像我，都能跑半馬。」

「哦。」發小又道，「可，你氣色不算太好。」

大A道：「沒事，是工作累的。」

「那你、現在做啥工作？」發小問。

「打工。」大A寒暄道。

發小，無不感慨地道：「大陸，現在是真有錢；打打工，都能開上豪車了。」

大A趕緊道：「我的車，送去修了；這車，是跟朋友借的。」

「那還是有錢呀。隨便一個朋友，都有豪車，還肯出借，這還不是有錢嗎？」發小道。

「嗯嗯。」大A含糊其辭地應答著。

發小道：「我們在國外的人，就怕親戚朋友們過得不好。」

大A道：「過得很好、過得很好。不好過的日子，都早已過去了、成為了過去。」

發小感慨萬千地道：「三十年啦！我們這代人，真是不容易。幸好，大家都成了、當年最討厭的人。」

這三十年，大A過得很辛苦，也早已不記得、三十年前到底說過些啥，便隨口問：「當年，我們最討厭的是啥樣的人？」

「有錢人呀。」

「有錢人？」大A拼命地回想著。當年、是在哪裡，怎麼說起這些話的。

而發小，卻道：「原本，我聽說你沒有混好。這次回來，是想給你留下一百萬的；沒想到，你混得比我還要好。看來，我的一些想法，真的是太多餘了。」

大A一聽，脫口而出：「我並沒有混好，真的！我也沒有錢。這身行頭、還有豪車，全都是借來的。」

2020-12-19　南京

12 被俘

——小說·三百八十三（十卷：掙扎）

這是阿秋伯親口講述的故事。

在阿秋伯講這故事之前，我們都不知道，他曾是一位經受過戰火洗禮的、真正的軍人。

……

「舉起手來！」

又被噩夢驚醒了。這個夢，已經折磨了我幾十年，壓得我喘不過氣來。

這個夢，卻又像就在昨天，一切都是那樣的清晰。

……

大部隊撤走之後，我就讓副連長帶著隊伍先撤；我留下，作最後的檢查。

沒發現什麼，正準備去追趕隊伍……突然，意識到了有情況。

「舉起手來！」

聽到一個年輕女性聲音時，我的後腦勺上、已被一支冰冷的槍口頂住了；就在那瞬間，我下意識地、舉起了雙手。

我不知、我怎麼會這麼聽話，也不知、為什麼會舉起雙手。這，不符合我爹經常的嘮叨，也不符合我已養成的性格與習慣……對，主要是性格。

我、怎麼可以舉起雙手呢？可，雙手又確實已舉了起來。很想把手放下，然，我也知道，放下、也已經晚了，沒啥意義了。

後來，在叢林中的日日夜夜裡，我無數次地想過，當時如果不舉起雙手、她也未必真敢開槍；因為，我們的隊伍並沒走多遠，她一開槍、戰友們必定會回來搜索、擊斃她。

自然，擊斃她、於我已沒啥意義，只不過多了個去陰間的伴。

當然，舉起雙手亦可作另一種解釋，我在尋找搏鬥的機會；搏

鬥，她必定占不到上風……因，當年的我、高大而威猛。

這麼一想，又覺得不對了；因為，她並不傻，不會給我搏鬥的機會的……

躊躇之間，手槍已被她下了，且我也被綁了起來；我感到了繩索嵌進肉裡的疼痛，要求她優待俘虜，她、理都不理。

這時候，我才看清楚了對手。

她，頭戴竹鬥笠，膚色黝黑，上身著無領無袖短褂，下身是條燈籠褲，赤著一雙腳；身材修長，卻很靈巧，渾身散發著一種野性。

這妞，如果穿上她們那種兩側高開叉到腰部的服裝，我想，一定超級漂亮。

突然，樹叢中有動靜；她一躍而進，一把將我推倒在地……她的呼吸，噴在我的臉上；她那柔軟的胸，恰好貼著我的胸膛。

靜候了一會，沒有情況，她才從我的身上爬起來；可爬起來後，又恨恨踹了我一腳，好像我樂意吃她豆腐似的。

我是有老婆、有女兒的人，老婆是軍區歌舞團的演員，女兒更是市少兒藝術團的台柱。

自然，那時不可能想老婆女兒。

我唯一的希望，是部隊發現我沒有跟上，趕緊派出個偵察小組、回來找我。

當然，偵察小組、是肯定派了的，誰帶隊、都會這麼做。戰友情，不是一般人所能體會得到的。估計，是小組也遇上了啥情況，如像我這樣……那就真沒啥法子了。

一直到天黑，都沒有人找來。當然，即使有人來、也沒啥用；她，押著我不斷地在林子中轉移，一天、換了好幾個地方。

第一天，我被看得非常緊。喝水、吃飯，全都是她餵的。也不知為啥，我竟然沒有要尿尿，一整天都沒有。

第二天，許是我們的隊伍走遠了，她、才對我放鬆了點。可，鬆了點也沒用，槍、在人家手上；我，就是再能跑、還能跑得過子彈嗎？還擊，那就更沒有可能了；身邊，頂多是能找到或抓起塊石

頭。

漸漸，也只好認命。因為，那深山密林裡，要吃沒吃的、要喝沒喝的⋯⋯那水都常是有毒的。

而她，卻好像心情越來越好。可能是勝利者吧。時不時，她還哼點歌、哼點小曲。

不是人們想像的，深山密林、孤男寡女⋯⋯一定會有什麼。沒有，啥都沒有發生。當時，我的心裡，還被「舉起手來」折磨著，怎可能想好事呢？再說，我也不覺得那就是好事，我是有老婆、女兒的人。

當時，我想不通。論勇敢、論堅強⋯⋯我有哪一點、不夠格？我怎麼可能⋯⋯怎麼、就舉起了雙手呢？

我十分清楚，舉起了雙手、這意味著什麼。

哪怕只是瞬間，我爹、也會認為我意志薄弱。即便是權宜之計，也不可以；沒有啥本能，更沒有啥必然。怕死、是不可以的，職業不允許懦弱，也不承認啥人性。

尤其，是我這樣的家庭。我知道，我爹是不會再認我了；老婆、女兒，也可能都不認我了⋯⋯沒有人，會憐憫我。

沒經歷過戰爭的人，是不會替你想的；不同時期、經歷過不同的戰爭的人，所持看法、也是不一樣的。

我將無依托、無後方作戰，今後、就只有靠我自己了。

後來、是後來的事。深山密林，不是世外桃源；因，你沒打算在那裡度過餘生。

自然，林子裡是非常美的。陽光，幾乎穿不透層層的綠葉；清晨，有各種各樣的鳥的啼鳴。

夜晚，也看不見滿天的繁星；很少，有月光能穿透綠葉、灑落在石頭上。但，靜的時候，能聽見露珠滴落的聲音。

那晚，天上也沒有月亮。林子的外面，大約是繁星滿天；林子裡，也不算暗。好幾天了，我一直被「舉起手來」折磨著，累極了，就早早地躺下、睡了。

夜半，被一陣騷動驚醒時，她、正趴在我的身上……我很想推、用力推開她，可、我卻摟住了她，還是、緊緊地摟住了她。

我，又一次屈服了。

我真不知，我為啥、總這麼不爭氣；當年，我爹可不是這樣的。

那晚以後，她不再綁我了。我倆在密林中，像過起了小日子；她每天總忙這忙那，準備著吃的、用的。

能看得出，她很開心、很滿足；那歌、小曲，也幾乎不離嘴了。而我，則啥都不幹，除了悶頭抽煙、還是抽煙；腦海裡，總浮現出「舉起手來」，趕都趕不走。

我的脾氣也越來越壞。而她，用溫柔、餵養著我的暴躁。我，經常衝她使性子，有時突然拿起槍、衝她叫喊「舉起手來」。

她舉起手後，我就把她綁起來；有時，還綁在樹上。自然，綁上一會、就會放了她；因為，得靠她去找吃的。

她也有不肯舉手的時候，我就踢她……我知道，我這是在虐待她、想找回某種平衡。自然，我也知道，有些東西、無論我怎麼找，今生今世、都已是不可能再找回來的了。

真的，有時我就想激怒她，想讓她在一怒之下、把我殺了。

可，她就是不怒。不但不怒，她還好像是、真的愛上了我。可，我又怎麼可能、在林子裡待上一輩子呢？

得想辦法，得儘快想辦法。我無數次命令自己。

可，辦法還沒想出來，更糟糕的事情已發生了，她、懷孕了。

知道她懷孕時，我沒有一絲一毫的高興，只覺得、這是我的罪孽、我的罪證；不像當初知道我老婆懷孕時，幻想、猜測著、是男孩還是女孩……

真作孽呀！我的家裡，有老婆、女兒；我，怎麼能、怎麼可以……得趕緊想辦法、想出個一刀兩斷的好辦法。

每天，我真的只有一件事了，那就是抽煙、不停地抽；抽得我的上嘴唇，都被燒出了一層繭子。

可，我還是抽，不停地抽；抽著、抽著，「舉起手來」就又鑽進

我的腦子裡來。

　　我開始發動冷戰，對她實施冷暴力。幾個小時，都不搭理她；一整天，連一句話或哼一聲也沒有。

　　可，我越是不搭理她，她、反而越是黏著我。

　　我知道，這樣的話，逃跑是肯定不行的。因為，不僅是她黏著我，而且環境、地形也沒人家熟悉；如果就這樣跑，跑不了多遠、就會被她追上。

　　那樣的話，不僅跑不了、還會過早地暴露了我的想法、計劃。

　　有時，我想把她綁起來、吊在樹上，而後、再自己跑……可，我又很清楚，無論怎麼綁、怎麼吊，只有兩種可能：一種，是她能自救；而能自救，她還會追上來。另一種，是她不能自救；不能自救，就害慘她了……那樣，還不如殺了她。

　　我想不出辦法，就欺負她。她叫我吃飯、打斷了我的思考，我竟動手打她。而她，好像知道我內心的痛苦，竟心甘情願讓我折磨，沒有一句怨言。

　　被我折磨、沒有怨言，也激不起我的同情心了。我知道，我與她、必須有個了斷；不是她死，就是我亡。

　　這是不二的法則。在生死面前，有時、良知也會顯得渺小。

　　……

　　那是一個月黑風高的夜晚，我終於拿起了尖刀；趁她在熟睡之中，我將刀尖、刺進了她的胸膛……就在那一剎那，她卻睜開了眼睛、還衝我一笑，笑得很甜很甜。

　　她，居然還笑？她、知道會是這樣的結果？

　　我想不通、她為何還會笑，只知道、自己的罪孽更加深重了。

　　……

　　後來，花費了很長的時間、吃了很多的辛苦，才終於回來、回到了國內。可，我已經沒有了家，沒有了妻子、女兒，也沒有了單位。

　　我誰也不怨。只怨，我舉起了雙手……

我，一直在打工，在民間。

如今，我老了，啥也不在乎了。真的，很老很老了。

……

講完這個故事，阿秋伯流淚了；我們認識他這麼久了，還從來沒見他哭過。

之後，不到一個月，經受過戰火洗禮的阿秋伯、去世了，帶著他的故事、永遠地離開了。

2021-3-10~11 南京

13 美麗小鎮

—— 小說・三百六十二（九卷：小鎮人）

美麗小鎮，坐落在祖國正北方。

鎮子不大，但十分美麗，可謂人見人愛。

1

鎮東頭的老A，買了輛嶄新的電動車；本想燒包燒包、顯擺顯擺，可沒想到，就站在自家的門口、跟人吹了一會兒牛，車就被人推走了；車是停在自己的身邊，被人推走的。

推走老A電動車的、是誰呢？就是鎮西頭的老B。

光天化日之下，老B、為啥就敢把老A的電動車推走呢？因為，如果被發現，就說是開個玩笑、嚇唬嚇唬老A。那麼，老B認識老A嗎？不認識。不認識、開啥玩笑呢？這不認識、不就是因為認錯了人嗎？以為是熟人，所以才開這玩笑。

而如果沒有被發現，那自然就可以推去賣錢。

這不，正好沒被發現，老B就把電動車推到了鎮南頭，插上了根草標賣。

如此，怎還能叫推走了呢？這不明擺著是偷嗎？是的，甚至比偷還嚴重，有點兒搶的味道。

偷也罷、搶也罷，反正、老B這會兒已在鎮南頭賣車了。

2

老B，吹著口哨、抖著腿，在鎮南頭賣車。

這時，有個老C，晃晃悠悠、不急不慢地走了過來。

看了眼車頭上插著的草標，老C停下、且蹲下，仔仔細細地琢磨這輛嶄新的車；琢磨了好一陣，才問：「賣？」

「賣。」

「怎賣？」

「2000。」老B道。

老C搖了搖頭，道：「偷來的，怎還要2000呢？」

「上哪去偷？撿的。」老B道。

老C道：「那再撿一輛，兩輛、我一起要。」

「這上去哪撿？哪這麼容易撿的？」

「就是，報個實價吧。」

「那就1000。」

「100。」

「真能扯！我推過來、用的力氣，也不止100吧？更別說提心吊膽了。」

「身上只帶了100。你要，就拿走；不要，就等人來抓。」老C說著，就要走。

「那成，就100。」沒有想到，老B居然爽快就答應了。老C掏出張100，老B拿了錢便走人。

等老B走遠了，老C這才笑出了聲：「哈哈，撿個大漏。」

3

這漏確實撿大了。老C心花怒放，好似春風吹化了冰封的大河，這一河春水還不得奔騰大半年？

何況，老C住在鎮北十多里地外的村裡；只要頭半年不把車子

騎到鎮上來，往後、這車就踏踏實實歸自己了。

　　100塊，撿輛車。這可不是常能撿到的。幸好，今兒帶錢了。不帶是撿不到的，而帶多了怕也都給了。不多不少，就帶了100，真是太合適了。

　　邊想邊樂，老C騎上車、往鎮北去。

　　突地，竄出條狗，嚇得老C趕緊急煞車；車停下了、狗跑了，老C自己卻摔倒在地。

　　這狗日的。老C在心裡罵，卻聽見有人問，「要緊不？」

　　定是狗的主人。老C想，訛他一把。

　　如是，老C哼哼唧唧不起身。

　　這時，走過來個老E，對剛問「要緊不」的老D道：「還不把人扶起來。」

　　老D便把老C扶起來，順嘴道：「要不要去醫院看看？」

　　活動了下身子，老C道：「算了，你給100。」

　　「我為啥要給你100？」老D問。

　　「你說呢？」老C回了句，抬眼去看那一旁看熱鬧的老E。

　　老D張了張嘴，想分辯；可，不知怎又憋了回去。

　　看不過去，老E道：「撞了人，100還嫌多？」

　　啥也沒說，老D掏出100元、遞給老C。

　　賺回了100，這嶄新的車、豈不就等於是白撿的？老C心花怒放，好似春雨珠兒撒落在大河中、蕩漾起一圈又一圈的美麗漣漪。

　　4

　　老C拍了拍身上的塵土，扶起電動車、要走。

　　老D說話了：「你推我的車幹啥？」

　　「這車怎就成了你的？」老C道，「這車分明是我今天剛買的。」

　　「剛買的？發票呢？」老D問。

　　「沒有。」老C道，「可即便是我沒有發票，這車、也不可能是你的呀！」

　　「怎不是我的？你想想，剛才是不是我撞了你？」

「是呀。」

「那我是怎撞你的？」

「你……」老C，一時不知怎說才好。

「我告訴你：你在走路，我騎著這車，所以、才會撞到你，是這樣吧？」

「不對。是……」

「怎不對？總不可能你騎車，我走路把你撞了吧？」

「是我騎車，你走過來、把我一下撞倒了。」

「那請這位大哥評評理。」老D道。

一直看著、沒再吭聲的老E，在老D的邀請下、對老C道：「你也不想想，如果是你騎車，他走過來、把你撞倒了，那麼，他怎麼可能肯賠給你100？難道他有病？」

「對呀！在你收下100時，就已經確定——這車，是我的，你是被車撞的。」老D有點不耐煩，道，「說吧，是公了還是私了？」

只能私了。老C很清楚：公了的話，自己是收贓；原先那100肯定是沒有的了，還要寫份檢查，沒準還會被拘留幾天。

眼睜睜看著老D把車騎走，老C心裡大呼：虧大了，好不容易撿了個大漏、卻是替別人撿的。

不過，想想在鈔票上、沒有虧，老C也只好認了。

5

那邊，鎮東頭的老A、新買的電動車被人推走了，自然要報警。

如是，派出所的老F，熱情接待了來報警的老A。

聽完老A心急火燎的碎嘴嘮叨，老F說，不用急，偷車人一般都到鎮南頭賣；而派出所，剛在那裝了監控。

說著，老F遠程調來錄像，一下就找到了：老B在賣，老C在買、老A的那輛嶄新的電動車。

而買車的老C，老F恰好知道他住哪、還知道他的手機號碼。

如是，老F就一個電話、把老C叫到了派出所。

可，老C說、電動車已被老D訛了去。老A死活不肯信。老C就

賭咒發誓，老F信了，老A這才將信將疑。

怎辦呢？老F建議老A和老C，私了。因，電動車就值2000多、立不了案，不可能派專人偵破，只能登記。再，小鎮是美麗模範鎮，史上沒有不良記錄。

那怎私了呢？老F給出個建議：銷贓的老C、得認1000，另1000、記在偷車賊老B的頭上，剩下的零頭、由老A自認倒霉。

老A不幹。因抓不到老B，只能得1000。

老A不幹，老C更不幹。沒事出來撿漏，竟撿丟1000，誰幹？

老F，苦口婆心講：你老A丟車，自己也有責任，所以要承擔部分。而後，警告老C：銷贓是犯法的。

也是，人家老F辦事公道。而老A和老C，也通情達理。如是，糾紛就擺平了。

6

這事兒，在派出所裡擺平了；可，老C的心裡、怎也擺不平。

開始，老C還想：得找到老B，幫派出所把案子破了。可，想想又覺得：抓到老B，最多是私了、讓他吐出100來；若公了，連100都要不回來。這跟已經虧掉的1000相比，差得太遠了。

如是，老C想出一招：到鎮北去、候老D，早晚能候到；只要候到，讓他也出點血、分擔部分。

這樣，老C就啥事也不幹了；每天，都去鎮北，在那守著、專候老D。

早出晚歸，候了半個多月，沒能候到老D；可，老C卻意外地發現了老E。

老E也行。老C心想：如果沒有老E第一輪主持公道，自己就訛不到老D的100；訛不到100，車還在自己手裡……把車還給老A的話，那自己就只虧掉100。進而，如果沒有老E第二輪主持公道，老D就更不可能騎走電動車；而這樣，自己也是只會虧掉100。看來，這老E才是罪魁禍首。

如是，老C一個箭步衝上前去，一把揪住了老E。

「怎啦？你有病？」老E道。

「病沒有，錢是命。」老C把賠給老A1000的事說了。老E道：「評理、主持公道，還有錯？」

「就是錯了。」老C力大，揪住了老E不放，還不停地揉；老E吃不消，道：「全賠、讓我頂包，是不可能的。」

「賠一半，給500。」老C道。

「好吧，算我倒了八輩子的血霉。」老E道：「就賠你500。但，這事就了了，以後不許再糾纏。」

老C答應了老E。老E便拿出500，給了老C。這事就了了。

7

可還虧500呀。老C心裡還是不平衡。

怎找回來呢？老C想明白了，這事還得找老D。

老C盤算，如候到了老D，就把車要過來、送到派出所；或，直接把老D揪到派出所……這樣，可以把賠給老A的1000要回來。而要回了1000，老E不知道，如此還可賺500。

道理想通了，老C風雨無阻、在鎮北候老D。從已有的經驗看，無論怎樣、即使車不在了，老D也至少要賠500。老C想，如此，雖沒賺到，但至少可以少虧點。

功夫不負有心人。一日，老C總算在鎮北候到了老D；可，老D一副慘模樣——左手，吊著綳帶；右腿，還打著石膏。

不管，老C奮不顧身、一把揪住老D，如此這般地說、要老D至少賠500。誰料，老D的三個女婿小G小H小I如從天而降、將老C圍住，道：「正愁找不到你，就自己送上門來了。」

原來，老D騎著那輛倒霉的電動車、摔了一跤，就摔成這副模樣；而那車、也滾下了陡坡，燒了起來、成了一堆廢鐵。

現在，老D醫保上被扣的不算，已七七八八花了10000多。而這車，又沒有保險；車來自老C，所以老D要老C賠。

「你自己摔的，怎要我賠？」老C很不服氣。

「你摔倒，找我賠；我摔了，不找你賠嗎？這有啥不對的？」

「訛我？」

老D的三個女婿，七嘴八舌道，「訛你又怎的？難道不是你先訛我爹的？」「你不訛100、會有後面的事嗎？」「說？公了還私了？」……且，推推搡搡，把圈子圍得更緊了。

「不就幾千塊錢嗎？私了。」老C是個聰明人。

「啥幾千？是10000。」老D道。

經歷過賠老A1000的事，老C懂得：就算車捧了人，也是老D為主要責任方。如是，老C與老D一家子、慈眉善目地講道理，請他們看在美麗小鎮的份上，大事化小、小事化了。

老D一家子，也極善良，既是看在小鎮的份上、一下就把10000減到了5000。

這時，老C才說出，那老E也是有責任的。

是呀！沒有老E吃飽了撐、管閒事，哪裡會有後面的這些破事？一定得把他帶上。

最終，經反覆磋商、決定：公平合理地、三一三十一。也就是老C認賠3000，老C負責找到老E、讓老E也賠3000。其他的，由老D自己承擔。

8

至此，老C雖候到了老D，可不但沒有賺到，反而又賠出去3000，且還得日日在鎮北蹲點、守候老E，盡承諾之事。

也算是運氣好。第二天，老C就候到、並一把揪住了老E。

老E道：「不早就說好了？『這事就了了、以後不許再糾纏』。怎還沒完沒了了呢？」

老C道：「我跟你的事，早了了。這，是老D要找你。」

說著，老C撥通了老D的手機、報信。

沒一袋煙的功夫，老D帶著三個女婿小G小H小I、一騎絕塵地殺到鎮北。

老D與小G小H小I、將老E團團圍住，老C便鬆手、退到了一旁。

老D，要與老E、細細講清道理。老E一看老D這一家子的架勢，

連連擺手道:「甭講,啥也別說了。我給,不就3000嗎?跟我回家去拿,行不?」

這,當然可以。老D便帶領小G小H小I,押著老E、一路往他家去取錢。

起先,老C還在後面跟著;跟了一段後,心想:沒意思。撿漏,反而撿丟了3500;這3500,買輛好點的電動車、也足夠了。

如是,老C便獨自回家去。

而老E,自是到家、取了3000塊錢,交給了那老D及小G小H小I。
9

這事,總算是告一段落。

小鎮,也沒因它而變醜;小鎮,依舊很美很美,美得讓人心痛。

2020-11-27 南京

14 城裡人

—— 小說‧三百六十九(九卷:鄉下人)

誰踏馬的沒屁眼,發明出了「城裡人」?既有了城裡人,就必然有了鄉下人。

過去,鄉下人掙工分,還吃不飽、穿破爛衣裳、住草房……常常是忙了一年,有的、還要倒欠生產隊裡的錢。如是,幾乎所有的鄉下人,都想進城、做城裡人。

大A和大B,就是這樣的青年。自然,如今都已做了城裡人,可、進城的路數不同,感受也就不一樣。

那是二三十年前,或是四五十年前,大A和大B發誓,今生今世、無論如何都要做城裡人,且拉鈎上吊一百年不許變。

喝過起誓酒、摔碎破碗,小A想都沒有想,懷揣幾塊錢(當時

的全部家當），跑了幾十里山路，來到鎮上，坐上汽車，到了縣城。小A，並不甘心在縣城裡混，第二天，又坐汽車、再爬火車，就到了大南京。

到了大南京，兩眼一抹黑，第二天、小A沒錢了。如是，他在街上撿破爛、賣錢。到了晚上，就睡在街頭；睡夢中，竟有個美女與他好上了。小A，歡喜得不行，一激動、就醒了；睜眼一看，身邊、卻坐著個髒兮兮的討飯婆。

討飯婆陪小A聊，小A這才知：南京也不好混。啥都是有幫的。比如，收破爛的、是六安人，幫人家（做保姆）的、是和縣人，菜場賣菜的、也是和縣人……連要飯，也都得有幫。討飯婆建議小A，去哪個工地看看，看能不能蹭上個小工做。

第二天，小A去工地，蹭小工做。可，哪個工地都是由包工頭包下的，沒一處肯要他。晚上，討飯婆又教小A，就說你不要錢、只管做，人家做啥、你就搶著做啥，到了吃飯、就站一邊看。

第二天，小A如法炮製，果然、很快就當成了小工。後來，包工頭又叫小A兼燒飯，他也二話不說。再後來，小A就在買菜中、與賣菜的和縣之安徽老鄉混熟了，最終、跳槽去賣了菜。這，都是後話。

可惜是，小A的人生導師討飯婆，後來竟一次都沒有再遇到過。小A心裡感激，一直想謝她。

而小B，則不似小A這般魯莽。小B自然也想進城、做個城裡人，甚至、這渴望比小A還要迫切。但，小B想智取。

湊巧，當時有一位大藝術家小C，也不知做了啥不該做的事，被封殺；如是，小C就厭市（注意，是厭市、討厭城市，而不是厭世、不想活了）。

這樣，不知小C怎麼、就找到了小B，要與小B對調、換一換環境。當時，城裡戶口管得特緊；自然，鄉下也不是可以隨隨便便進的。但，小C說了，只要小B同意，一切的一切、全都由他來辦。如是，小B就同意了，並簽了約。

　　小C，就請派出所、請分局⋯⋯回頭，又請村長、請鎮上的、縣裡的⋯⋯方方面面都請到、送到後，事情還就真的辦成了。

　　如是，小B把自己名下的破房與幾十畝山地、全給了小C。而小C，則把一套兩室一廳的房改房、給了小B。

　　因那房在一樓，又靠著小區的大門，小C還幫小B開成了個小店，辦齊了所有的手續等等。

　　而小A，跳槽去賣菜後，更不易。沒有了人生導師，啥都得自己琢磨。在實踐中，小A發現：城裡人，愛占小便宜。如是，總結出三招：一、要記住每個買過菜的人的臉，第二次來時就是老熟人；是老熟人，菜價除隨行就市外，還得再降一點點。二、秤完之後，再抓一點點給老熟人、添上。三、菜錢算過後，因是老熟人、還得把零頭去掉。

　　這麼做豈不要虧本？不會的，羊毛出在羊身上。你可以磨秤砣呀！找個砂輪，把秤砣的底、磨凹進去；秤砣輕了，秤出去的菜、就自然少了。後來，改成了電子秤，也自然有辦法的。

　　小A琢磨出，老老實實做生意、是發不了財的。發財，就一定得有自己的一套訣竅，且是別人發現不了的、完全屬於自己的知識產權的、眾多的小秘密。

　　生活穩定了之後，小A和小B、就各找各的對象，而後結婚、生兒育女。

　　小B和老婆，守著小店、賣煙酒雜貨。後來，夠日的大賣場進軍中國、進軍南京，隨後又興起了蘇果超市等，把各類小店都擠倒了。小B的小店，日子難過，就賣米、賣雞蛋，還賣飲料、冷飲等。

　　一天二十四小時，小B和老婆輪班，每天二十個小時開著。憑著鄉下人的吃苦耐勞，小B的小店、總算是沒有被擠倒，不單養活了一家三口，還能供兒子上學。

　　小A呢，則從租攤位、租小披子住，到租店面、租房子住，再到買二手房。自然，小A也不再賣菜，而改賣水產；之後，又兼倒水產。生意做大了，就不能再玩磨秤砣之類的、不講信譽的事了。

做大一點的生意，是要講信譽的，更要講質地。

小A，最終落腳在做魚丸的生意上。他做的魚丸好吃，供不應求。鄉下人能吃苦，一天能做十幾個小時，只要有人肯等、他就不停地做。如此，就發了大財，給一兒一女都買了商品房。

一日，小A與小B相聚（自然，小A與小B早已成了大A與大B。此後，改回稱大A與大B。包括小C也改稱大C），相互聊，互通情況。

大B才知道，大A已買了三套住房。最要緊的，是大A只把一兒一女的戶口遷了上來；而他自己和老婆，都還是農村戶口，因此、家鄉的田和宅基地、都還有。

小B，這才發現自己失算了。同時，哀歎如今又有了倒霉的網購，小店的生意就更難做了等等。大A就勸大B到菜場來，從頭做起。

大B道：「我如今哪還吃得了那苦？」

大A道：「都是鄉下人出身，有啥苦是吃不了的？」

大B道：「我都做了十幾年的城裡人了。就算苦、我還能吃，這十幾年坐等生意的小本買賣、也早已把我的闖勁和魄力磨掉了。我，哪還有剛進城那會兒的勇氣呢？」

這話倒也是，大A也不好再勸。何況，做啥生意是沒風險的呢？

話說，那與大B對換到鄉下去的大C（大C，是城裡人、不是鄉下人，他的奮鬥史與本小說無關，我們只需知道結果）。

二三十年了，大C把大B留下的家當經營得相當不錯。如今，已建成了C山莊。

大C開著車、特地到南京來，邀請大B等去參觀C山莊。

盛情難卻，大B就坐上大C的車、回家鄉，去看看大C的所謂山莊。

沒想到的，是大C早已把屬於他的幾十畝山地、整成了一個專供城裡人去休閒的山莊。

山莊裡，有幼稚園、小學，還有養老院等。

大C，還把村裡的山地、也全都長期承包了下來，種上了經濟林；林下，有的種上了高附加值的藍莓之類，有的養雞、放羊……

他還建成了加工廠，還有高爾夫球場。

而那不適合種經濟林的山野地，則全種上了大片的薰衣草。想像下吧——夜色中、星光下，那無邊無際的薰衣草、會是種怎樣的情景？城裡的女人們去了，那還不都羨慕得要死、滿嘴亂喊爛漫？

所以，有無數的城裡人來山莊旅遊、小住；且，那有錢又好個情調的，都賴著不想走。

而村裡的人，老的、進了他的養老院，中年的、給他在休閒山莊或加工廠裡打工；孩子們，去幼稚園或小學裡上學。年輕人，都進了城、上大學。

大B，原本就不想來，被大C左拖右拽地來了，也只想看看，沒啥想法。誰料，這麼一看，看著看著、就羨慕起來；羨慕之餘，便又生出許多嫉恨。而這嫉恨，漸漸就越來越大、越來越恨。

從C山莊歸來，大B雖依舊開著小店。然，那C山莊、不時就出現在眼前；一想到啥夠日的「城裡人」，大B就恨不得左右開弓扇自己。

又一日，大A與大B相聚、喝酒，聊到小時候，聊到年輕的時候，聊到過去鄉下辦紅白喜事，出個份子，就可以大吃大喝三天；而後，打麻將，打上三天三夜。

尤其過年，幾乎都從三十晚上、一直打到正月十五；誰睏得不行、就下去，而立馬就會有人補上來。牌，打得也大，真過癮。

鄉下的酒，也喝得高，特別過癮。

唯獨不好的，就是那時候窮、太窮了，所以才立志、發誓要到城裡來、做城裡人。

酒，喝得差不多了，大A道：「不管怎說，今生無怨無悔了。我們總算都做成了城裡人。」

大B仰頭喝盡杯中的酒，罵道：「老子，這輩子倒霉就倒霉在、做了城裡人。」

大A一聽，不解地道：「怎啦？當初，我們不是最想做城裡人的嗎？如今，你怎又後悔做了城裡人呢？」

大B，咬牙切齒地道：「如今，我最恨的就是城裡人。」

「為啥？」大A不解。

「夠日的大C，把老子給騙了。」大B道。

大B沒細說，大A也不多問；畢竟，他清楚C山莊，也見過那星光下的薰衣草的原野。

2020-12-23 南京

15 雙贏

——小說・三百七十一（十卷：神秘家庭）

「打開水呀。」小G從後面攆上來，道。

「是呀。」大B一邊應答，一邊放緩、收小了兩條大長腿邁出的步伐。

「拎這麼多暖瓶？真不簡單。」

「真不簡單的，該是你。這麼嬌小，和我拎得一樣多。」

「我是苦出身呀。」

「將軍之女，也算是苦出身嗎？」

「那以後我有事的話，可以找你幫忙囉？」

「沒問題。」

「沒事就不可以找你了嗎？」

「也可以的呀。」

……

那時，還在北大念書。小G，還是個情竇初開的小女子。而大B，一米八幾的大高個，國字臉，濃眉下的那雙大眼、還會說話，真是億裡挑一的大帥哥。

大B口中的將軍之女、雖不假，且還不是那最起碼的少將；然，

與大B爹相比，就推板得掉渣了。人家抗戰初期，就已玩得大軍閥團團轉了。這麼說，在這城裡、數上幾十家，就準能數到他家。

只可惜，大B在不得志時，已結了婚。

……

暮春的朝陽，摸進了四合院、斜照在南迴廊的東角上；也照著小G、和她坐著的沙發椅，與茶幾、及幾上的一杯養生紅茶。

庭院正中，是一座太湖石的假山。

大B不在家，小G放了公務員一天假。自然，而今的小G、年紀早已不小了，但、她願意別人還這麼叫；尤其是大B這麼叫，她心裡美滋滋的。

如今的小青年，愛玩啥情侶摸頭殺、最萌身高差；其實，在早二十多年前、人家就玩過了。

也自然，把大B弄到手，確實不容易。那也是個夏天，小G跨越近千里，來到了大B蹲點的縣裡……想起年輕時的那瘋狂勁，直到如今、小G還會臉紅、心跳，且情不自禁。

也算是奉旨成婚。大B，與沒啥感情、也沒啥共同語言的前任離了婚；最終，與嬌小玲瓏的小G，從地下情、成了最佳婚姻伴侶。

……

「愛情不同於遊戲。玩得好，是可以雙贏的。」大B總愛這麼說。

「我倆在一起，我負責可愛，你負責寵我，好嗎？」

「婚姻本身，是一種雙贏的結盟關係；而愛，則是兩個人能雙贏的前提。」

「生命這麼短，世界這麼亂，我不會爭吵，也不會冷戰；因，我不願與你有一分一秒的遺憾。」

「聰明的愛情，就一定、也必須是雙贏的。」

「不管將來會發生什麼，你會變成啥樣，你都永遠是我最愛的人。」

「愛情，是相互進入、彼此最深層人格的、唯一絕招。」

「我希望，我能活一百歲、一百一十歲……這樣，我就能愛你、

愛得更長久一些。」

「只有愛、只有共情，才能夠真正知彼解己，也才能夠雙贏。」

「你無論說啥，對我而言、都是最美的情話。」

……

暮春的朝陽，照著小G、照著那杯養生紅茶，撫慰著她的好心情、和四合院裡南迴廊的東南角。

庭院中的太湖石的頂部上，也漸漸沾滿了陽光。

大B，是學經濟的，做官以後、依然愛說教。而大B說教時，小G總愛用情話、胡攪蠻纏，且、裝出一臉無知無辜的樣子，讓大B高興、哄他開心。

小G個頭雖小，但能量卻一點也不小。她學習拔尖，還被保送讀法學碩士，且、這與她的家庭沒有關係；英文、還特好，是那年月、第一個幫國人把官司打到美國去的。在美國的法庭，她也一點不慌。打贏官司後，還順手就寫了本《贏在美國》，書也特好賣。

而大B雖個頭大，心卻很細。啥事都有板有眼、做得漂漂亮亮，所以、官當得也很順；當然，這與家裡的背景、多少有點關係。可，如果沒點能耐，光靠家裡、怕也是不行的。

正當小G順風順水、在律師界名聲大噪時，大B勸她，兒子不小了，將來用錢的地方、多得去了，專業、玩玩就差不多了，下來做生意吧，多掙點錢；何況，現在有條件、有機會，不掙、不是傻嗎？

也是，多少人想掙錢、苦於找不到門路，咱放著路子不用、也確實是太浪費了。這樣的話，大B的官、豈不是白當了？小G，為了家庭，放棄了專業。

自然，小G也動用了家裡的、大B所不熟悉的那些特殊關係，為的是、讓大B做得更一帆風順，也能夠讓大B和小G、及他們各自的家人和朋友、都能更加雙贏與多贏。

……

「你這人、最大的毛病，就是太精。」大B按了按小G的鼻頭。

「我覺得，我都笨死了，總跟不上你的思路。」

「裝，你以為、我啥都不知道？」

「真的，我就是笨嘛。」

「我這輩子，就沒見過比你更精的女人。」

「真的嗎？」

「但，在你的精中，又有一點點傻。」

「是嗎？」

「是，但、是傻得可愛。」

「那，我可不可以再傻一點點？」

「不行、不可以，不能再傻了。再傻一點，那就是愚蠢。」

「男人們不都喜歡傻女人？你為何不喜歡呢？」

「我是絕對不要蠢女人的。」

「以前的她、蠢嗎？」

「也不蠢。」

「我比她呢……」

「精多了，也壞多了。」

「咯咯咯……」

……

小G和她的好心情，沐浴在暮春的朝陽裡；連同她的沙發椅、茶幾及養生紅茶，也都沾上了光。

庭院中的假山，在陽光中、突兀地直立著。

大B昨晚沒回來。小G不用猜，就知道會是些啥樣的節目。男人們除了那些、還能做些啥？可，啥樣的女人，就得有啥樣的雅量。小G最看不起把男人拴在褲腰帶上，或動不動就要同歸於盡。如此，又怎可能雙贏呢？

自然，大B在外面的逢場作戲、也太多了點。可，小G想，如果真的啥花頭都沒有，那還能叫有本事的男人嗎？何況，她也早已想開了，她自己、也很放得開。

沒比較，還真不知道、自己的男人有多麼的好。小G想，大B應該也是有這樣的體會。不然，他就不會更愛自己、也依賴自己；且，

啥要緊的，都要跟自己商量、一起做決定。

「好的愛情，都會雙贏」、「共情，是雙贏的基礎」、「婚姻的雙贏，是愛澆灌出的互惠奇葩」⋯⋯

想想都覺著美。小G，有張穿少數民族服裝、與大B一起的合影，竟有好幾家一流雜誌、爭著要拿去做刊物封面。

不是最佳雙贏、不是完美組合、不是一流家庭⋯⋯怎麼會、又怎麼可能這樣呢？

誰說「人生難得幾回醉」？小G覺得，她自從在北大開水房回來的路上、搭訕上了大B後，就一直醉著、不喝酒也醉、醉到了如今；且，還會繼續醉下去、一直到永遠⋯⋯

這一輩子，真是太值了，值得、不能再值了。

忽然，大門的門鈴響了。鈴聲，打斷了小G的回想與好心情。

「誰呀？大B不在家。」小G回應著、站起身來，繞過假山、走進門廳。

「請開門。」門外的人，很客氣。

小G一邊開、一邊埋怨，道：「都不能說下是誰嗎？」

門打開了，沒等小G同意，兩男兩女、四個服裝統一的人，便強行擠了進來；其中一個，向小G出示了證件後，道：「大B被雙規了。」

「雙規了？」小G一驚。

那出示了證件的人，以為小G不信，道：「大B昨晚沒回來，你都不知道？」

「知道。他很忙，我以為他有要事。」小G道。

「對，是有要事，他被雙規了。」來人道：「請你跟我們走一趟，配合調查。」

「我收拾下衣服、用品。」小G說著，往回走。

然，卻被兩個大個子女人控制住；其中一個，對小G道：「不用，我們那裡啥都有。如果確實需要，會派人回來、替你拿的。」

出示過證件的那男的，在前面開道；兩大個子女人，押著小G

出了門……

小G，被押到輛小車旁，她、開始掙扎。也確實，啥時被這樣對待過。

還是那出示過證件的男的，道：「別白費勁了。大B，啥都交代了。我們請你去，不過是走走過場。」

「啥？他啥都交代了？」小G傻了，不再掙扎了。

……

一年之後，大B案、正式開庭了。

小G，作為案件中的證人，被先行押進了審判庭。

隨後，大B也被押了進來。他老遠就看到了小G，卻狠狠地朝她翻了個白眼。

小G，也狠狠地還了他一個白眼。

大B氣不打一處來，罵道：「蠢貨、毀家娘們！」

小G不服，頂嘴道：「你個大男人，啥都交代了；難道要我這女人，替你都頂著？」

「不許交流、不許對罵、不許說話！」押著大B的人和押著小G的人制止道。

「我會啥都交代嗎？我是那種人嗎？你不了解我嗎？蠢貨！毀家娘們！」大B根本不理睬押著他的人。

「啊？」小G癱坐了下來，道：「他們說你啥都交代了……」

大B被押走了。

過了很長時間後，大B才被重新押了回來。

回來後，大B沒再看小G一眼。

庭審中，大B數次咆哮公堂，但、都與小G再無關係了。

庭審，全都結束了。

突然，大B高聲喊道：「我要離婚！」

「回去再說。」押解的人道。

「不，我現在就要離、馬上就離！」顯然，大B是針對小G在場、這麼個特殊當口。

小Ｇ，也回味過來了，道：「我同意。」

如是，押解人員在請示之後、讓大Ｂ與小Ｇ，當場辦理了協議離婚。

2021-1-2 南京

16 黑衣人

—— 小說・三百九十三（十卷：誰是？）

跟台灣微小說〈永遠的蝴蝶〉一樣。那天，也下著雨；柏油路面，很滑、很滑。

不一樣的，是完全掉了個個：我的櫻子，開著車。

我的櫻子，看到前面有個小女孩、且嚇傻了時，趕緊踩刹車，可、刹車壞了。

怎會壞了呢？昨天還是好好的。會不會？

我的櫻子，只好急打方向盤、拼命地朝一個方向打……車，就這麼衝開護欄、掉下了高架路。

車著地後，騰起一片火光；我的櫻子，在火光中、飛走了……
……

之後，是誰家電視台來采訪我、直播。

不說某電視台，而說誰家……是因：說某電視台，說明我知道，這就成了、我不肯說出來；而說誰家，則是我突然想不起來了。

電視台的小姐姐問：「你的櫻子，這麼漂亮，還比你小那麼多；你們，是怎麼認識的、又是怎麼結合在一起的呢？」

太遙遠了，這仿佛是上一個世紀。讓我想想，好好地回憶下。
……

記得：那時，總有黑衣人盯著我。出門，都有黑衣人不遠不近

地跟著；不出門，也有人守在外面。就連在網上，都有……

我申訴過。可申訴又管什麼用呢？

後來，就出現了櫻子。

櫻子，替我打抱不平，寫文章、跟他們幹仗；他們，沒有一個幹得過櫻子。

櫻子，還在知道我出門時、跟著，暗中保護我。因為，那時、很多人要「打斷你狗腿」，還威脅「小心你狗命」……

櫻子遇上他們，就挺身搏鬥。櫻子，會武功；櫻子，一個敵他們好幾個，也能把他們打得落花流水。

就這麼，我跟櫻子認識了，且慢慢熱絡起來。

自然，關鍵還是：櫻子，漂亮，太漂亮了，就跟大明星一樣。

像誰？告訴你：像歐陽娜娜。知道嗎？知道就好。真的，很像，高個頭、大眼、小臉……會武功，特能打。

不一樣的，是在生活中、櫻子又完全是另一個模樣。

嗨，我的櫻子，真是太有情調了；太能作，非常會作，還總能作得恰到好處，常常是、正好甜到了我的心頭上。

她呀，無論啥事，都必需得聽她的。有的時候，那點子、明明是我的，可非說、還是她的主意好。

電話、微信的最後一句話，也非得由她來說、她來結束。如果是我說了最後一句，就不算、得重來；而如果是我先掛了，就正好證明我不愛她、不呵護她了。

男人嘛，對於自己喜歡的女人，不就是能讓就讓嗎？何況，我還比她大這麼多。說句不怕你見笑的話，我女兒、也只是比她小一兩歲。

她呀，嗲起來、真的是要人命。比如，兔子肉，有滋陰、養顏的功能，是美容肉，讓她多吃一點，她會說「兔兔這麼可愛，怎麼可以吃兔兔呢」。

啥話到了她的嘴裡，出來準是嬌滴滴的。她呀，說話不帶疊字、就像是不會說話了，全是「親親」「寶寶」的。

　　擰個瓶蓋，也擰不開，非要幫她擰；吃個飯，筷子也拿不動，要餵她……可等到她想餵我時，又渾身是勁，我不要、都不行。

　　還動不動，就要親親、抱抱、舉高高……嗳，甜的呀，連我自己都覺得、快要化了。

　　我是個唯美主義者，這大家都知道。對作品，我都要求盡善盡美，何況是人、一起過日子的女人？

　　所以呀，遇上了櫻子，我就鐵定輸了、輸定了，沒有翻盤的可能。可，說實在的，我心裡又願意。你說，怎辦？

　　在一起的時間長了，總得結婚。可我知道，跟櫻子結婚、是很不合適的。因為，櫻子太黏人了，她會把我寫小說、做學問的時間，全都耗光的。

　　但，不結婚、又怎麼行呢？不結婚，就這麼耗著，那是絕對不可能的。不耗著，就得分手；而分手，我又怎捨得？何況，彼此都習慣了，沒有她、我可能都睡不著。

　　關鍵，是睡了人家、這麼久了，怎麼可以、說不要人家就不要人家了呢？那種沒良心、不道德的事，我是絕對做不出來的。

　　那就結婚吧。可結了婚，麻煩就更大。

　　首先，是她開始找女主人的感覺，開始管我。一會，嫌我菸抽得太多；一會，又嫌我酒喝得太猛……好，抽煙、喝酒，都算為我好，希望我身體好、能多陪伴她幾年。

　　接著，她又要替我管錢。管就管吧，誰讓我大手大腳慣了的呢。

　　再往後，她就開始管我與誰交往了……

　　到最後，她竟要管我寫的文章，不讓我多寫批評性的。可，文章沒有鋒芒，還有啥意思？有多少人會願意、看那種東西呢？

　　哎，平白無故，家裡就多了個審查、把關的，這真是要命呀！我還怎麼寫小說、怎麼做學問？

　　可，畢竟、她也算是為我好，遷就著吧。

　　那時候，我的粉絲、真的很多；少說，也有好幾百萬。

　　當時，不知怎麼，就出了個、以我的名字命名的粉絲團。我想，

有個組織也好。

可，剛這麼一想，就有貼身的粉絲朋友告訴我，有人在活動，且說什麼「海外來人了，上峰已到，要名單」。

我的天吶，能這麼玩嗎？

我就囑咐朋友們，千萬別上當。可，身邊的老粉不上當，他就找那些剛粉我的新人。

這不早晚得出事嗎？我趕緊發文，抖出了〈粉絲團8.30大冤案〉；把「海外來人了，上峰已到，要名單」等等，也全都公開了出來。

這，也算是壞事變好事了吧。粉絲團裡，頓時同仇敵愾；朋友們，乾脆開始公開向諾貝爾獎推薦我。

好傢伙，能寫的幾乎都寫；一下子，就冒出來小幾千篇。自然，水平是參差不齊的。

可、不管怎樣，有小幾千篇文章在那擱著、誰能小覷？

且，這事、櫻子一直都沒有反對我。

也許，就是因為櫻子一直沒有反對我吧，她那車的剎車、就突然失靈了。

你想，我的車、怎就沒事？

真的，太像那微小說〈永遠的蝴蝶〉了。

一分鐘之前，還好好的；一分鐘之後，就陰陽兩隔了。

那天，不知為了啥，很可能是我倆鬥氣玩，就一人開了輛車，她在前、我在後面跟著……

早知道會這樣，那就該我在前面；要不、大家都沒事，要不、把我也頂下那高架路去……真的，我很願與她同歸於盡。

像這樣陰陽兩隔，真的太痛苦了。

……

「明白了，你非常愛你的櫻子。」誰家電視台的小姐姐問：「可，她愛你嗎？」

「當然愛。」

「她對你忠誠嗎？」

「當然忠誠。怎會、又怎可能不忠誠呢？」我對小姐姐道，「她不忠誠於我，又能忠誠於誰呢？你，這是、在暗示啥？想說，我的櫻子她出軌了嗎？這，是絕不可能的。」

「聽說，她有一個屬於她自己的保險箱？」

「是的。」

「能讓我們看看嗎？」

「可以。」

我把電視台的小姐姐領進我們的臥室、領到櫻子的梳妝台旁，從側面的牆上取下一幅畫；一個小巧的保險箱，就露了出來。

「能打得開嗎？」小姐姐問。

「我不知道密碼。」

「我懂、我會，不介意我替你……」

我想，以後還是要請人打開，就點頭同意了。

小姐姐將臉貼在保險箱一側，聽著裡面的聲音，慢慢地擰著旋鈕，找準後、停下；又貼在另一側，依舊慢慢擰另一旋鈕……都找到之後，她兩手各握住一個把手，同時、且相向一擰，保險箱就開了。

然而，保險箱裡，空空如也；除了一個深褐色的小本本之外，什麼也沒有。

小姐姐拿起那小本本，翻開來看；一看，她愣住了。見狀，我就把頭伸過去；一看，我也徹底傻眼了。

那竟是——黑衣人的一本身份證件，且是櫻子的。

哇，實在沒想到。

難怪，自櫻子出現後，黑衣人就漸漸淡出了；難怪，幾個彪形黑衣人、都打不過櫻子；難怪，櫻子不讓我……

……

難怪、難怪、難怪……我正在拼命地、回想著疑點。

不知道是什麼原因、也不知道是從什麼時候開始，誰家電視台的直播、竟停播了。

停播就停播吧。反正，我也不指望靠它揚名立萬。

然，因突然被掐播，招來了各種猜忌。最後，竟傳成——我也是黑衣人。還有鼻子有眼地說，我的小說及哲學、社會學、經濟學等論述，也都是黑衣人找我訂制的。

這怎可能？黑衣人怎肯出錢、買我這些？他們要這些、又有啥用？

……

再也不會有櫻子了。

我的櫻子，就這麼飛、飛走了。

2021-4-30 南京

17 異族

　　　　——小說‧三百六十七（九卷：寂寞單身狗）

寸土寸金的商業圈裡，馬路中央車流擁擠，步行道上人流堵塞，高樓上霓虹燈閃爍，連空氣也分外妖嬌。

這樣的夜晚，還是單身狗、沒有人愛，真是太寂寞、太命苦，也太悲催。

因此，咖啡廳也算是個去處。而這家，燈光極暗，暗得打照面走過、都看不清對面人的臉。

恰時，一男子走了進來，見熟悉的卡座已有了一對情侶，便在一旁的空座上坐下。

服務生走了過來，男子點了杯美式黑咖啡，便進入自己的狀態、自嗨模式。

一個人過也挺好。在心裡，男子自個跟自個、自說自話。一個人吃飯、一個人睡覺，一個人散步、一個人旅遊、一個人看電影、

一個人打遊戲……一個人創造，一個人收獲；沒有負擔，也沒有羈絆。

　　一個人承受，一個人釋放，一個人痛苦，一個人歡樂……一個人並不孤單。思想、發現等高級思維，不都由一個人完成？群居，不等於群交；獨往獨來，又有啥不好？

　　享受孤獨，才能成長。一步一個腳印走向更好的自己，不比啥都好嗎？一個人成長得更快，也逍遙自在；天鵝不會出現在麻雀群裡，老虎也不會成雙成對。

　　說一個人艱難，是因為弱小、試圖依靠。而強者，需要伴嗎？強大的心，有誰不寂寞？夜店裡高歌，是釋放；遠離喧囂、享受寧靜，不更是放鬆？

　　姿態不同，不僅是個性、興趣，也是人生的層級。不將就。適合，就在一起；不適合，就一拍兩散。妥協，是害怕孤單。孤單，是弱者的恐懼；強者，一個人也能狂歡。

　　覺得一個人活得沒有兩個人時好，大多是心態。一個人，未必活不出兩個人的精彩。

　　男子在心裡自言自語、自嗨，並不在意周圍的人。

　　咖啡廳裡，各不相擾。談情說愛的，各自呢喃、嘀咕；像男子這樣的，也自便。

　　不知過了多久，男子身旁的那對情侶、悄悄走了。男子，也沒有察覺。

　　不一會兒，一女子走了進來，見熟悉的卡座空著、很高興；她，輕輕地、不打擾任何人，悄悄坐了下來。

　　服務生走過來，女子要了杯卡布奇諾，也進入她的模式。

　　女人，要對自己好點。不要太犧牲自己、不能太委屈自己……不可因為愛，而丟掉原本的自己。女人，先要成為一個獨立、完整的人，而後才是女人。

　　女人要多愛自己一點。沒有人疼，就更要愛自己。在心裡，女子自個兒自語自言。一個人也不錯。一個人上班、一個人回家、一

個人逛街、一個人聽歌、一個人喝點紅酒、一個人仰望星空……

不必為嫁而嫁。心疼自己，從現在開始；讓每一天都充滿快樂，讓快樂形成股心流，以最喜歡的方式度人生。

來人世走一遭，多不容易。何必苦了自己？一袋米、上不了樓，可以半袋半袋地上……一個人生活，必須強大，成為精神的貴族。

一本書，一杯酒，一部電影……定格片刻的人生。美好，不僅是詞彙，更是一個個愜意的片刻、的無限延展。能夠獨自面對深夜，才是一個獨立的、優雅的女人。

通俗，是種活法；遠離通俗，不也是種活法？夜深人靜、片刻寧靜，皆是人生的小憩、一種奢侈、一種享受；休閒時光、釋放情懷、放牧思想……更是一個單身女人的精彩。

男子點上了支菸，吐出煙霧、用手驅趕了下，又繼續。

漫不經心，來到這裡；漫不經心，找熟悉的卡座……今天，才真正明白：愛一個人，不是纏纏綿綿、或轟轟烈烈，而是忘不了、是難以忘懷，也無法忘記。

沒有說分手，可也沒有再相見；沒有再相見，卻又時時都在思念。最初的那一點點別氣和似有似無的恨意、早已煙消雲散，可還是沒有勇氣道一聲問候，或發一個微笑的表情。

過去、在一起，哪怕緊緊相擁，也覺得兩人之間、總有距離；如今，已無法手牽手，甚至、見一面也是種奢侈，思念、卻又無處不在。

不是寂寞了、才想你，而是想你了、才寂寞。也許，沒有人會像我這樣，明知昨天、已回不去，還拼命地、回憶。

其實，我一直都在等你，等你靠在我的肩上、說著什麼；如果再有這樣的一天，無論你說什麼，我都聽著、聽著……連姿勢也不會改變，就這樣依偎著、一直到永遠。

女子喝了口卡布奇諾，用紙巾擦了擦嘴角；而後，也繼續任意識自在流動。

我發現，我癡癡地、微笑的時候，竟然是在想你。放不下你，

是我的錯、一個美麗的錯誤，不是你的問題。

　　已不記得、最初那故意生氣與假裝怨恨的感覺，更不記得、那故意與假裝的原由。默默地，一個人忙碌、一個人煩惱、一個人發呆、一個人流淚、一個人傷感、一個人癡情……

　　原以為我能把你忘記，直到又聽到這首歌，我的眼淚嘩嘩地流，才知沒法忘記你；因為這首歌，是我倆的青春記憶。

　　剛開始，也曾想放下；後來，是不經意地想起；再後來，已是不想忘記；而如今，更是無法忘懷。

　　從沒有像今天、會如此地在乎你。不管最終結果如何，只希望在你的心裡、能有我的一個位子；因為我已好累，好想有個地方、歇息。

　　有情侶離開咖啡廳，服務生走了過去、收拾桌子。

　　男子沒有離開卡座，但、換了個坐姿，已是一種全新的姿態。

　　如果回歸單身、算是一種享受生活，而享受生活的同時、也再造自己；那麼，再造自己，則為提升、低位逆襲……

　　對，讓自己從內到外，來一次不一樣的、巨大的改變，變得更有內涵、也更有魅力。

　　時間不可能倒流，但，可以重新開始。把過去的不如意清零，將曾經的美好放大。重新開始，不是幼稚，而是種成熟。

　　優雅轉身、華麗回歸。自然，也要讓愛情、提升一個等級。

　　又有情侶站起來、離開去，服務生走過、去收拾。

　　女子也沒有離開卡座，但，也換了種坐姿、一種全新的姿態。

　　原以為我贏了，直到在鏡子裡看到自己，才知道輸了——在我最美麗的年華，我最喜歡的人、卻不在我的身邊。

　　為了你，我開始改變，變得愛讀書，也更愛收拾自己。一個人，更要努力；當然，如果有可能再和你在一起，我也定會雙倍的努力。

　　自我改善。我厘清了你我的觀念、重塑自己的身份，也想清了生活方向，想要成為怎樣的人、期待著怎樣的愛情……

　　提升自我，也包括選擇衣飾、健身塑形、護膚防曬……走心，

用深層的演出、代替曾表層的本色出演。

沒有人打擾男子的自嗨，他在心裡、繼續著與自個的自說自話。

離開你的愛，我與自己相依為命。這是給重新開始找到的理由，我要讓你成為我的喜怒哀樂。

重新開始，就是重新吸引。我不僅讀書、充實頭腦，健身、改變體型，也在提升我的社會價值；自我提升，還包括提高情商，要真心做一個你喜歡的我。

背叛過去，一切都重新開始。決定放下固執、放下個性，也放下所謂尊嚴……因為，我真的沒辦法放得下你。

也沒有人來打擾女子的自嗨，她也在心裡、繼續著與自個的自話自說。

你沒有停步，我怎敢鬆懈？你沒有迎娶，我怎敢出嫁？沒有你、我的這一生，注定了、會要後悔。

昨夜離去，不是逃避；今晚歸來，也不是簡單的重複——如果這一生、只能愛一個人，那麼，請允許我、分成兩次愛你。

重新開始。可，也要聲明：這段時間，我雖已成長了許多；可，似乎還是沒有長大，我依舊喜歡童話，希望你、每晚都給我講、各種各樣的、小公主的故事……

咖啡廳裡，人已經不多了；那男子，依舊還在。

男子、沒去關心周圍的人；自然、即便留意也未必看得清，因光線實在太暗；男子，繼續著他的自嗨。

重新開始。找她？怎找呢？打電話，她要是不接，或者、換了個手機號碼……要不，等她找我。可，這不又回到了原來的模式？

對，還是我找她。可，啥理由呢？他想，請她喝咖啡？老套。請她逛公園？太冷。請她看電影？選哪一部呢？

咖啡廳裡，人已經很少了；而那女子，也依舊還在。

女子、也沒去留意周邊的人，自然、即便關注也未必能看得清，因光線確實太暗；女子，也繼續著她的自嗨。

找他，重新開始。可，怎麼找呢？打電話，他要是不接、還生

氣，或者、換了個手機號碼……女人，就真的、不再需要矜持一點了嗎？

矜持？可，這不又回到了原來的模式？還是我找他吧，既然他吝嗇說出「我愛你」，那我、就主動一點……

什麼理由、更合適呢？男子，還在心裡琢磨；突然，他猛捶了一下自己的大腿、發狠道：「找個理由，就這麼難嗎？」

「是啊，找個理由、就這麼難嗎？」卡座背後的那女子、道。

男子一驚，轉過身來，仔細一瞧，這才道：「對不起，真的對不起，我不知道你也在這裡……」

女子也一驚，她根本不知、男子就在身後，已無意識、且習慣性地接了他的話。

2020-12-17 南京

18 曖昧遊戲

——小說‧三百九十四（十卷：殉情）

微信上，美女問：「幾點了？」

帥哥回：「七點。」

美女道：「不，這是我倆幸福的起點。」

土味情話？帥哥反應過來了，便問：「你是屬啥的？」

「屬虎。」

「不，你是屬於我的。」

「好吧。」美女道，「那你是哪兒的人？」

「北京人。」

「不，你是我的心上人。」

帥哥樂了，道：「你稍等下，我去取樣東西。」

「你取啥？」

「我要來娶你呀！」

「好。」美女道，「你知道，你和星星有啥區別嗎？」

帥哥愣住了，道：「不知道。」

「真笨！星星在天上，而你在我心上。」

「算你狠。」帥哥道，「那你能不能閉上嘴呢？」

「我一直在打字，並沒有說話呀。」

「那為什麼、我滿腦子全都是你的聲音？」

美女樂了，道：「最近，有個謠言，說我喜歡上了你。我得澄清一下：那，不是什麼謠言。」

「那你，知道我的心在哪邊嗎？」

「左邊。」

「不，在你那邊。」

……

玩累了，美女道：「我倆，能不能別老在微信上玩？」

「那又能怎麼玩呢？」

「見見面呀。」

「好！」

如是，帥哥和美女約好，在市中心見面。

華燈璀璨，樹影婆娑……在熙熙攘攘的人群中，帥哥和美女悠然地散著步。

突然，美女道：「你不要抱怨，抱我。」

「我沒有抱怨呀。」帥哥道。

「真不解風情。」

帥哥道：「我覺得，我這個人不適合談戀愛……」

「適合啥？」

「適合結婚。」

美女樂了，問：「情人眼裡出啥？」

「出西施。」

「不，是出現了你。」

「哦。」帥哥道，「你有沒有聞到啥味道？」

「沒有呀。」

「你一出現，連空氣都變得甜了。」

「是嗎？你視力不好吧？」

「不，很好呀。」

「還不承認？你不眼瞎，怎麼會撞到了我的心口上呢？」

「哦，是這樣。那，你的視力也不好。」

「怎？」

「你都看不出，我是多麼喜歡你。」

……

漸漸，行人稀少了。

恰時，一對正交配著的狗、狂奔而過。

美女觸景生情，道：「見到你之後，我就只想成為一種人了。」

「什麼人？」帥哥問。

「你的人。」

帥哥笑了，道：「其實，我跟你在一起，也漸漸變了：不僅善解人意，還善解人衣。」

這，反倒讓美女羞澀了起來。

恰巧，路過一家星級酒店，美女道：「我們也去開間房吧。」

「不行。」帥哥道。

「為啥？」

「我倆，都沒有身份證。」

「沒有身份證，就不能開房了嗎？」

「是的。」

「那我倆為何沒有身份證呢？」

「你以為我倆是誰？我倆，只不過是一款網頁遊戲裡的男主女主，供少男少女們玩玩曖昧。又不是真人，哪配有什麼身份證呢？」

無語。帥哥和美女，順著大街拐進夜晚的公園。

　　公園裡，月色彌漫，花兒散發著陣陣馨香。他倆，找了一張長椅、坐下；四周，動人地安靜。

　　美女又來情緒了，把腦袋靠在帥哥的肩上，握住對方的雙手、輕輕地愛撫。

　　漸漸，帥哥激動起來；而美女，則更衝動……

　　突然，帥哥道：「不可以。」

　　「又怎的？」

　　「遊戲規定，我倆只能曖昧，不能越界。」

　　「那，我倆就得一直土味情話、不死不活地曖昧下去？」

　　「可能是吧。」帥哥道。

　　美女道：「那，我倆反了吧。」

　　「怎反？」

　　「我倆殉情，轟轟烈烈一把，也正好廢掉這款沒心肝的遊戲。」

　　「怎可能廢得掉呢？」

　　「怎廢不掉？我倆一殉情，這遊戲不就沒了。」

　　「錯，我倆殉情了，遊戲還在，只不過是玩家重頭再來。」

　　「那，我倆就自戕。」

　　「自戕？不還是殉情？不是一樣的嗎？」

　　「那我倆互戕，把場面搞血腥點。」美女道，「反正，我是不願再這樣沒滋沒味地活著了。」

　　「我也是。」帥哥道，「可，我倆怎麼互戕呢？」

　　「你帶水果刀了嗎？」

　　「帶了。」

　　「我也帶了。」美女道，「我倆，你戳我一刀、我戳你一刀……」

　　「會太疼……最終，會沒有結果的。」

　　「那我們先多服些止痛片。」

　　「好。」

　　帥哥和美女，去買了兩盒止痛片，又買了兩瓶礦泉水。

　　他倆，各自服下了一盒止痛片後，便拿出水果刀來，你一刀我

一刀地相互戳著⋯⋯不一會，便雙雙栽倒在地。

最終，兩人都失血而亡。

⋯⋯

不出男主女主所料。這款曖昧遊戲，因場面血腥、而遭到了少男少女的父母們的舉報。

不久，這曖昧遊戲就下線了。

據悉，一年後，這對男主女主，還因此而獲得了省級精神文明獎的提名。

2021-5-2~6-22 南京

19 淺愛

——小說・三百五十四（九卷：測試）

小夥，是歷史系的新生，就叫他小史。

小史，乾淨、且帥，雖不是校草、也算得上亞校草。小史，是孤兒，是靠鄉親們的接濟長大，上學、自然是靠獎學金。可，年輕人總會有點兒愛慕虛榮，小史也一樣，也會時不時、有意無意間冒出句「我家那農場」如何如何。

如今，是信息社會，哪有不透風的牆呢？如是，同學們就都在背後笑他，甚至、有的人還覺得他的品質不好。

因此，在這男少女多的文科大學裡，其他男生都有了女友，他卻沒有、成了人們談笑中的單身狗。

丫頭，是文學系的新生，也就叫她小文。

小文，漂亮，一笑倆酒窩，盛滿了真誠與喜感。小文，也算不得校花，可怎也能算得上系花了。

小文，也年輕、也愛慕點虛榮。明明，她父母是農村進城、在

城裡做大排檔的，她也是從小在大排檔裡長大的；她的大伯，才是這所大學裡的教授。可，她總愛沒事去大伯家裡轉上一會兒，而後再慢悠悠地從大伯家裡出來，讓人產生聯想、讓人以為她是她大伯的親閨女。

如是，小文的名聲也不太好。好端端的一朵系花，竟沒有人追；再加上這學校裡、原本就是女多男少，不知不覺、她也成了單身狗。

幸福的大一、大二，小史，就這麼不幸地度過了。而小文，也在單身狗的不幸之中、度過了兩年、本該美若天邊彩霞般絢麗的女大學生的生活。

到了大三。一天，小史、小文，這兩個從沒有說過話，也沒有點過頭、打過招呼的男女生，不知怎麼、就先後進了學校的圖書館、同時出現在同一個書架前，還同時把手伸向同一本書。

這時，小史、才發現了身邊的小文；小文，也才意識到、小史就在自己的身邊。

「女士優先。」作為男生的小史道，且把手縮了回來。

「我看得慢，你先看吧。」在禮儀方面，小文也不輸小史；說著，小文轉身離去、獨自走了。

望著，遠去的小文、那大方得體的背影，小史突然有一種很特別的好感。同在一所大學裡，小史不可能不知道小文；何況，人家還是系花。小史在心裡責備自己，太隨大流、太印像派。就算是人家、想讓你以為她是教授的女兒，這有啥錯？誰不想好？

小文拋下了個背影，讓小史去發呆、去想；可，她自己、又何曾不在想呢？這人，挺老實，也挺有禮貌；關鍵，還很帥。小文也知道小史的、「我家那農場」的典故，可、就在這會、小文突然覺得，人家就是在那農場裡長大的，那農場、可不就是「我家的」？有誰規定，一定得是自家的財產、才能這麼說？

彼此都有了好感，又都是年輕人，這、無意中相遇的機會，就太多了。

一來二去、二來三去……不知不覺，也不知道是哪一回、應該

當算作是第一次，更沒有過首肯、也沒有宣告，小史與小文、就談上了、戀愛了。

自然，這樣的戀愛方式，與那海誓山盟、不一樣，與那開誠布公、也不一樣，屬於比較含蓄、比較浪漫，而又浪漫得有度、有張有弛的、淺愛。感覺上很淺很淺，而心裡面、卻很深很深。

何況，小史與小文、雖都不是學霸，但人家有權追趕學霸、是不？因此，花前月下，能見到他倆的身影、很少；而飯店、舞廳，他倆的身影、就更是幾乎絕跡。他倆，只喜歡在圖書館、或在教室裡，捉對兒廝殺。

看書看累了時，會幾乎同時抬起頭、對視一笑，而後、帶著暖暖的、甜甜的感覺，再重新回到各自的書裡面去；讓歷史、讓文學，也浸泡在他倆那獨特的、回味悠長的、淺淺的愛之中。

自然，這淺愛，也是因為小史不知道，自己與小文的這段感情、會不會有結果。當然，小史也知道、小文的「教授」典故，但、他以為，小文的父親，即使不是教授、也是城裡人，而他並不知道小文的父母、也來自農村，且就在離學校只有三條街的地方、開著大排檔；更何況，他自己來自農村，還是個孤兒。他沒法想像，小文的父母、會爽快地同意他倆的、這樣的關係。

而小文，則很後悔自己太能裝、裝得像教授的親閨女似的。而她，也不知道、小史其實一開始就知道「教授」的典故；卻以為他，一直是真的以為自己是教授的女兒、才喜歡的。當然，她也不想捅開這層窗戶紙，不願意由她自己親口說出來、自己其實不是教授的女兒。

兩個年輕人，都愛慕虛榮，就更不會去撕人家的臉皮了；如是，就這麼淺愛著，淺淺地、而心裡卻越來越深地、愛著。

就這麼，稀裡糊塗地、如在美夢中一般地、度過了一年多。眼看，就都要畢業了。小史，投了上百份簡歷、還是沒有找到工作，沒有單位肯要他。這也能理解，一個學歷史的，去了又能幹些啥呢？

小文，也差不多。雖說沒有投出上百份簡歷，但、少說也有好

幾十份了；而絕大多數，也石沈大海。那極少的數幾份，則除了文員、還是文員，且、工資還那麼少，月薪、都不如大排檔上一天的生意錢。

小史，也想通了：真正到了沒有辦法的時候，就去徒步考察長城。沿著萬裡長城，一路打工，一路調研；花十幾年的時間，寫一部獨一無二的專著。但，這樣的話，就只能與小文分手了；小史，是不可能讓小文跟著自己遭罪的。

小文，也想好了：反正，父母年紀也大了，且總想著回鄉、開農家樂，想讓自己、接手大排檔；而她，正缺個貼心的幫手。但，她不清楚，小史的人品、究竟如何？別看走了眼、引狼入室，那、可是沒地方買後悔藥。

小史，想呀、想呀，想得心痛；可，又有什麼辦法呢？愛她，就不能害人家。而不能害人家，就只有分手；再喜歡，也得分手、割愛。肯分手、割愛，才叫真愛；捨不得割，那就是自私。想清楚了，小史就暗示小文。可，小文卻不肯接受。

小文，也一直在想。她，得想出一個、試探的好辦法——如果試探得不成功，就自然地分手了；而如果試探得成功，又可以自然地立馬升溫、把兩人的關係及未來等、全都確定下來。

一日，小文終於把辦法想出來了；如是，就在小史又暗示她的時候，接茬道：「那好呀，那我們、就在一起吃頓分手飯吧。」

「那好，我來請。」小史接過話。

「誰請，不重要。重要的，是我們得玩點刺激的，能一生一世都忘不了的。」小文道，「這次吃飯，一切、你都必須聽我的。」

「好！」小史爽氣地答應了。

那晚，小文把小史、帶到一個挺高檔的大排檔，點了幾個好菜，又要了酒。

菜好、酒香，一會兒、盤子就見底了。小文，又要點菜，小史輕聲道：「我兜裡的錢不夠。」

「別說這些，誰請、不重要。」小文道。

　　小史心想，AA就AA；今晚、只要你高興，就都隨你了。

　　酒足、飯飽後，小史掏出錢要與小文拼湊；小文將小史的錢塞回兜裡，抓住小史的手，道：「說好的，都聽我，對吧？」

　　「對。」小史道。

　　小文輕輕地說了聲「跑」，拉著小史就朝外跑、拼命地跑；一口氣跑過了三條街，一直跑到學校，才彎著腰、「咯咯咯」地笑。

　　「逃單？」小史這才反應過來，道：「這樣不好吧？人家小本生意，也不容易。」

　　「別管。」小文道，「這才是我倆今生今世都忘不了的、分手飯。」

　　小史，還想說些啥；可，小文卻走了、不見了蹤影。

　　小史只好回宿捨，找室友借了點錢，又回到大排檔，對坐在吧台裡收錢的大叔道：「大叔，我就是剛才那倆吃霸王餐的。」

　　「我知道。」大叔竟然還笑、還樂。

　　「我給您送錢來了。」小史掏出錢、遞上，道，「您算算，看夠不。」

　　可，大叔還沒來得及搭話，一旁的大媽、已搶著開口了：「夠不夠，不重要。重要的，是你回來了。我，很滿意……」

　　這時，小史才發現：小文，系著條圍裙、正在那洗碗。

　　「我也通過啦！」這時，大叔才接上話，「快結婚吧！我和你媽急著回鄉辦農家樂。這裡就交給你倆，我很放心。」

　　此刻，小文也走了過來、拉住了小史的手；而小史，則乾脆一把摟住了小文。

　　這倆個孩子，竟不顧、長輩們就在身邊，大排檔裡、也還有客人，就迫不急待地親了起來。

2020-11-16 南京

20 墓地上

——小說‧三百八十九（十卷：她和她的他）

一個流裡流氣的傢伙，走了過來；滿臉的淫蕩，透出那骨子裡的下流，那勾引的眼神在說：好漂亮的小妞，過來玩玩吧！我能讓你興奮、讓你快活，還能讓你欲死欲仙……

她，也曾放蕩過。那時，他不允許，她、還曾反抗過。

可，現在不同了。他已經走了，她、得守著他；沒有人要求，更沒有啥規矩，可、她卻自願守在這裡，廝守著他。

墓地裡，非常整齊，也非常乾淨；四周，有花也有草，郁郁蔥蔥……但，氣氛很是蕭殺。

一個很紳士的老者，走了過來。陪伴著她，站了很久；那無言，像是在勸：節哀吧。人走了，沒辦法。

很久以前，這老者、也曾想跟她好；可，如今已死去的他，那時也不許……

很是無奈，老者離開去；留下她、獨自待著，老者走遠了。

天色，漸漸暗了下來；風，輕輕地吹……

夜色，籠罩了整個墓地。沒有月亮，自然也沒有月色，星星們在遠天，遙望著她、和墓地。

黎明來了，曙色也跟著來了……

鳥兒們，開始晨鳴；風兒們，也來造訪墓地……

很紳士的那老者，又來看她了，帶來一份很豐盛的早餐；可，她連看都沒看一眼。

無奈，很是無奈，老者走了、又走了。

她，不是不懂得老者的心意，也不是感覺不到饑餓；她，是沒法忘記他、已去了另一個世界的他。

她的記憶裡，全都是他，滿滿的、都是他，也只有他。

他，給她準備牛排、準備鵝肝……他，給她做飯的樣子；他，

看她吃的神情……

她吃的，總是他能給她的、最好的。而他自己，卻總是吃些青菜、黃瓜、西紅柿……還總美其名曰：素食主義者。

洗澡，他也總是給她用那些名牌的香波；而他自己，卻總用普通的香皂，還總是說，老了，皮膚上沒啥油，不能洗得太乾淨……

理髮，他也總是帶她去那些高檔的地方，每一次都得花好幾百；而他自己，一次只花十幾、二十。

衣裳也是，她有很多很多漂亮的小衣裳；而他自己，都是幾年前、甚至是十幾年前的。

……

太陽升起，又落下。

夜色彌漫、彌漫……籠罩著墓地，又漸漸地退去。

晨風，吹過；夜風，吹過……夜風吹過，又晨風吹過……那很紳士的老者，也不來看她了；她，依然守著。

茶不思，飯不想。她站不住了，就坐下；坐不住了，就臥下……

沒有一點兒的力氣了，連臥也臥不住了。她的頭，枕在墓地的石頭上，夢見了他……

他，朝她走來，要帶她去……

她，好高興，想跳起來。可，她已經沒有力氣了，連搖一搖尾巴的力氣、也沒有了。

她，死了，死在她主人的墓地上；死前，沒有吃過一口別人給的東西。

沒有人能想明白，她是怎麼找到這裡來的。

……

他的朋友，來看他了。

當看到這一幕時，不由地、淒然淚下。

他的朋友，很想給她料理後事；可，想了一會，沒有動。

他的朋友走了，留下遠去的背影……過了一會，他的朋友又轉了回來，把已獻給了自己朋友的鮮花，分出了一把來、放在她的跟

前……

……

鮮花，在她已僵硬的腦袋和眼瞼前，盛開著、歌唱著……

風兒，輕輕、輕輕地……傳遞著花語。

2021-4-14 南京

21 跨界

——小說·三百八十六（十卷：愛的錯覺）

鬼打牆？小艾參加學校組織的清明祭掃，跟同學們一起坐上大巴回到學校……可，這會，他卻又在墓地了。

怎麼會、又轉回來了呢？為什麼、就轉不出去了？

夜幕降臨，天際湛藍；星空中，有詩和遠方……可，這裡是墓地。

四周，螢火點點……

……

她，又出現了，依舊很美、美得令人無法抗拒。

之後，她說：「我給你講個冷恐怖的故事吧。有一天，男孩在臨睡前、跟他爸爸說，『爸爸，床底下好像老是有聲音。』『床底下啥也沒有，怎可能老是有聲音呢？是你想得太多了。』說著，男孩的爸爸朝床下看了一眼……」

「結果，怎樣？」

「你希望是啥樣的結果呢？」

無所謂希望啥樣，也無所謂不希望啥樣。小艾希望的，只是和她在一起……哪怕是乾坐著；自然，最好是聊聊、聊點什麼。

跟她在一起，時間、就好像拴在了橡皮筋上，可以拉過來、再

彈回去……

藍天、白雲，一座很舊很老的院落。

就在院落的門口，她、指著院裡兩位老人的背影，道：「那是我的爺爺、奶奶。」

「爺爺、奶奶。」小艾很有禮貌地叫了一聲。

可那爺爺和奶奶，卻都沒有搭理小艾；而是背對著，反問她：「你為啥要帶他到這裡來？」

「那帶你去看我的太爺爺、太奶奶。」

小艾覺得，她的太爺爺和太奶奶、也未必會搭理自己，便問：「你爸爸媽媽呢？」

「不在同一個世界裡。」

什麼叫不在同一個世界裡呢？這個世界、難道還分成了幾個、或是幾層？

小艾，不太能理解。不過，他知道自己年輕，不理解的、還有很多。正因如此，他才會特別特別地喜歡她……

銀河邊，星空下；詩和遠方，也都在身邊。

「喜歡什麼，就應該不顧一切地去做；不要去管，別人說什麼、怎麼說。」

「我爸爸反對，也可以不管嗎？」

「你爸爸，有你爸爸的人生；而你，有你自己的人生。」

「好像也對。」

「追求，就是追求。誰也不能替別人活著。」

……

怎又想到了這些呢？

小艾，喜歡她的美麗、喜歡她的成熟，覺得她既像姐姐、也很像媽媽……可，又比姐姐和媽媽，都更懂得自己。

這種懂，不是一般的，而是心靈的；就好像，是一對心靈、心靈的伴侶。

窗簾，又飄到了窗外，像神毯一樣、在夜空中飛翔……

　　板凳，長出了五隻腳，蹲在窗前。

　　一、二、三……只需要三步，小艾就也可以飛起來；在夜空中飛翔，飛到她的身旁……

　　和她在一起，談美、談愛，談自由、談幸福，談追求、談義無反顧等等。

　　她，不僅像媽媽、像姐姐，更像是一位智者。那雙明亮的眼睛，充滿了愛意；智慧的腦門，倍亮。

　　真的，在長相上、她太像媽媽和姐姐了。

　　小艾，已沒有媽媽了。曾有過的姐姐，也跟媽媽一起走了。

　　那年，有個人喝醉了酒，就把油門當成了剎車踩；媽媽和姐姐，就都飛了起來、就一起飛走了……

　　那時，他還小。

　　那天，爸爸沒有哭。但，打那以後爸爸總耷拉著臉。

　　這，能怨我嗎？小艾不知道，想不清。

　　小艾覺得，從此、爸爸就不再喜歡自己了。可，他依舊喜歡爸爸；因，沒別人可以愛。

　　當然，那時候、還沒有她。

　　媽媽和姐姐都在時，小艾沒工夫喜歡爸爸；因為，媽媽和姐姐、都太美了、像她，沒法不喜歡。小艾，很小時、就懂得什麼是美了。

　　那時候，爸爸是喜歡自己的，非常的喜歡。

　　可，爸爸不懂得美。

　　小艾很懂。哪怕同學們都不喜歡的政治課，小艾也能從中審視出一種嚴謹、一種美，一種恢弘與博大。

　　那一次，爸爸問：「你真的很喜歡政治嗎？」

　　小艾點了點頭。

　　爸爸道：「那麼，你是不是也喜歡——張三與李四是什麼關係，張三是什麼來頭，李四又有什麼樣的背景……這一類的東西呢？」

　　「不，這是八卦、不是政治，我不喜歡。」小艾道：「我喜歡的是，嚴肅的、純正的政治學的本身。」

　　爸爸卻搖了搖頭，想了想，又問：「那麼，你知道自己五年後、是個什麼樣子，自己中年的時候、又是個什麼樣子，自己老年的時候、再是個什麼樣子嗎？」

　　「這，怎麼可能知道呢？政治又不是算命。」

　　「可，我像你這麼大的時候，就全都知道了——五年後，我會帶徒弟的；中年時，就像現在這樣……」

　　打那以後，小艾全明白了，爸爸的心裡、沒有詩和遠方。

　　但，小艾還是不能夠明白，爸爸、為何就不喜歡自己，為何也不喜歡她。

　　她，又出現了，依舊很美、美得令人無法抗拒。

　　之後，她說：「我給你講個故事。有一天，男孩在臨睡前、跟他爸爸說，『爸爸，床底下好像老是有聲音。』『床底下啥也沒有，怎可能老是有聲音呢？』說著，男孩的爸爸朝床下看了一眼，發現床底下有個跟兒子一模一樣的男孩，正瑟瑟發抖……」

　　哎，這可憐的男孩。

　　小艾很無奈，不能走進故事裡去幫他。其實，有時小艾自己也很無助；因，爸爸已不喜歡他，也不幫他。

　　天，很藍很藍；雲，很多很多……院落，也很舊很老了。

　　她領著小艾，踏進長滿青苔的院落，指著屋簷下兩位老人的背影，說：「這是我的太爺爺、太奶奶，他們都一百多歲了。」

　　一百多歲了？小艾沒敢驚動兩位老人。

　　「走，我再帶你去看看我的祖爺爺、祖奶奶。」她說。

　　太爺爺和太奶奶都一百多歲了，祖爺爺和祖奶奶還不得近一百五十歲嗎？不知為什麼，小艾有點怕，不想去，就又問她：「那你的爸爸媽媽呢？」

　　「我跟你說過，在另一個世界。」她，又這麼跟他說。

　　另一個世界？那是個怎樣的世界呢？是比這個世界美，還是不如這個世界？如果更美更好，那又會是個什麼樣子呢？小艾想不出來。

星空下，銀河邊。遠方和詩，都在身邊。

「快樂嗎？」她問。

「快樂。」

「願意和我在一起嗎？」她又問。

「願意。」小艾道。

「那，我們就在一起吧……」

「可，我爸爸不同意。」

……

窗外的花香，鑽進了屋子；窗上的窗簾，飄到了窗外，像神毯一樣、飛了起來，在夜空中飛翔、飛向有詩的遠方……

板凳長出了五只腳，蹲在窗前。

小艾，也想飛、也想飛起來；在星空中展翅飛翔，飛向遠方、飛到她的身旁……

那天，爸爸問：「你戀愛了？」

「戀愛了。」小艾道。

「她家在哪？是幹什麼的？」爸爸又問。

「不知道。」

「她多大了？」爸爸再問。

「……」

小艾沒有回答，也回答不了。可，小艾想，她家在哪、是幹什麼的、她多大了……這些，重要嗎？為什麼、總要糾纏這些呢？

爸爸不愛我，他不關心我的感受。小艾再次確定，爸爸已經無法再愛他了，也不會為長大了感到高興。

爸爸老了，變庸俗了；過去，爸爸不是這樣的。小艾覺得，若媽媽還在、就不會這樣。

小艾，開始憐憫他的爸爸。

而恰在這時，她再一次地出現了。她，依舊很美、美得令人無法抗拒。

之後，她說：「給你講個故事。有一天，男孩在臨睡前、跟他爸

爸說，『爸爸，床底下好像老是有聲音。』『床底下啥也沒有。』說著，男孩的爸爸朝床下看了一眼，發現床底下有個跟兒子一模一樣的男孩、正瑟瑟發抖，驚恐地道：『爸爸，有個人在我的床上。』」

「那個人是誰？」

「你猜。」

小艾，猜不出來。其實，他連她究竟是誰、也不知道；更不清楚，她從哪裡來、要到哪裡去。

只是因為，太美了、令人無法抗拒。

揮汗如雨，精疲力竭。可，小艾和她、都不願意就此停下；他倆都拼盡全力、向更高的山峰爬去，拼命地、要爬上去……

真的太美了！絕壁的上方，是藍天、一望無際；絕壁的下面，是大海、波濤洶湧……

「願意永遠和我在一起嗎？」她問。

「願意。」小艾道。

「你爸爸不同意，怎辦？」

「會同意的，總會同意的。慢慢地，做工作。」

「還有一個辦法。」

「啥辦法？」

「從這裡、跳下去……我們，一起跳下去；我倆的愛，就可以永恒了。」

「……」

「不敢嗎？」她又問。

突然，想到了什麼……小艾道：「難怪，你總是說，你爸爸媽媽在另一個世界。」

「我沒有騙你呀。」

「可，你愛得、也太自私了。」

小艾，決定離開她，獨自往回走。雖然，在心裡完全放下她、很難；可，他覺得必須這麼做。

「愛，不都是自私的嗎？」她，向著小艾遠去的背影大聲喊。

111

小艾，已無話可說了，也沒有再回頭。

小艾，獨自下山去。儘管，下山的路很難走；可，再難也得走，走下去、走回去。

這會，爸爸也許在家裡等急了。小艾心裡想。

……

鬼打牆？在一片寂寥的墓地裡，小艾轉著、轉著……

四周，螢火點點。

天空湛藍，有繁星，也有詩和遠方。

2021-3-26　南京

22　外圍女

——小說·三百七十八（十卷：非主流人民）

一只粉色的蛾子、撲棱著雙翼，在客廳裡飛著、繞著圈；繞了一會，棲息在窗紗上……

某作家的客廳裡，幾位老友、前來祝賀他的八十歲壽辰。

「你，怎麼還在寫呀？」一位老友道：「掙錢的那撥，你沒有趕趟。如今，我們都又進入了養生……你怎還不跟趟呢？」

某作家笑道：「我欠著哪。」

「是前世欠下的？」說話的笑了，其他幾位也都跟著笑了。

可，沒有人知道，他這是在自我救贖。

……

那是半個多世紀之前的事了。

某一天，他忽然意識到：他，深愛著的、整整熱戀了四年的她，竟然突然消失了。

QQ上，他發了無數條信息、詢問了無數次；可，就是得不到她

回音，連一句話、一個字，或一個表情符號都沒有。

四年了，他倆一直談得很好，也從來沒有生過一回氣。

在過去的四年中，多數是她主動聯絡他。如果他想說點啥，她也總是幾乎秒回。

如今，怎就會這樣、就會不回了呢？究竟是為了什麼、又是啥原因呢？

不知道，也想不出來。這時候，他才想起了有句話，叫作：女人的心思真難猜……

然，再難猜、也不能就這麼人間蒸發了呀！他想到了報警，可、如果警察詢問，他怎回答、又能提供些啥線索呢？

他，只知道：她，喜歡他的小說；她，當過演員，拍過電影、電視劇，但、沒啥名氣，那些影視作品、也沒有熱播過。她，還走T台，當過平面模特，有時、甚至當野模。

可，他們之間的聯絡，除QQ之外，就沒有其他的手段了。

自然，她是有手機的。可，那時他沒有手機，要人家的號碼、做什麼？再說，他也從來就沒有什麼很急的事。

沒有想到，QQ會不回呵。怪只怪，過去太年輕；很多事，都沒有去想、也沒有想到。

……

他和她的認識，是在QQ上。

那時，他剛考上大學。而大學裡的壓力，比起高三來、不知要小了多少；因此，他就在論壇上註冊了個號，潛在論壇中、寫一直想要寫的小說。

漸漸，他就小有名氣了。很多人，都是通過QQ上的「精確查找」找到、加他的；她的QQ，也是這樣加上的。

加上了之後，也沒有怎麼聊。後來，他的小說〈嘗試一夜情〉一炮打響，他們才聊得多了些。

真正敞開來聊，是在電視裡播放了一部由立陶宛、保加利亞、波蘭、英國、法國合拍的電影《空泛漣漪》之後、開始的。

　　當時，他看了，恰巧她也看了。如是，兩人就聊了起來，他說電影如何好、立意如何深刻；她則說，電影如何好、女主人公伊蓮娜的演技如何如何了得。

　　聊開了，就聊到了他當時的小說新作〈仙人跳〉。她說，如果小說改編成電影，其中的女主角讓她演的話，她會如何如何演繹、去挖掘出女主人公的人性的深度等等。

　　許是這話正中下懷，他自然就看高了她。而她，聊起他的舊作〈那一夜〉、〈老烏龜〉等等，竟也如數家珍。

　　不知不覺，他就開始網戀了。自然，他喜歡她，也是因為看了她的QQ空間、看了她走秀的照片、看到了她的臉蛋和那大長腿……

　　而他，是初戀，自然感覺很不一般。在愛情的激勵下、在表現欲的躁動中，他的小說寫嗨了，啥〈臭不要臉老畜生〉、〈夜幕下的性交易〉、〈一個女人幾條漢〉等等的佳作，沒幾天就是一篇；那文思，好像滾滾長江之水、沒有窮盡。

　　而她，每篇都會仔細看，也每篇都會寫個小短評給他；或是鼓勵、或是提醒，總能讓他心裡暖暖的，滿懷著信心、再去奮戰構思中的下一篇。

　　自然，除了這些，他們也談理想、談人生規劃。還談到彼此都喜愛的旅遊，談將來去北海道滑雪，去貝加爾湖度夏，去澳大利亞潛水，去非洲大草原、在空中看動物大遷徙……

　　當然，他們也談到了各自的家庭、談到了過去的不堪。當她知道，他當時的經濟狀況仍然很糟時，便決意要給他寄錢。

　　出於男孩的自尊，他當然不可能肯要。可，她說了，當模特是非常掙錢的；給他寄點生活費、小意思，還不及她平時花銷的一個零頭。

　　為把美好的時光、都用在最該用的地方，他便答應了；當然，他一再聲明，這是借的、將來一定要還。

　　他覺得，誰會傻、誰會給別個白寄錢呢？可，沒有想到，她會、她就真的消失了；錢也不要了，就消失得無影無蹤。

　　哪能這麼個玩法呢？這不是存心讓我在良心上過不去嗎？

　　他不喜歡欠別人什麼。可，眼下又沒有更好的辦法；他，也只有先好好工作、攢足了該還的錢再說。

　　一個月、兩個月、三個月……一年、兩年……

　　該還的錢，終於攢足了。可，她還是沒有音訊，那QQ上的頭像、早已變成了企鵝，灰冷灰冷的，也從來沒有動過，哪怕是一次。

　　自然，他想過，要去找她。可，上哪裡去找？何況，人家把空間裡的照片都刪了，沒有照片、怎麼找？再說，全國開拍的電影、電視劇有多少，可以走秀的T台、又有多少，上哪裡去找呢？

　　真的，他快要急瘋了。

　　他的脾氣，也越來越壞；這些，也反映到了他的文章中，尤其是他在論壇的回帖裡。

　　在他想來，這是無法理解的。即使掰、不談了，也不能把銀行賬戶注銷了呀！他很惱火，這叫我上哪去還錢？

　　四年的資助，是一筆不小的數目。怎麼可以就這麼不了了之了呢？也許，你是掙得多，並不在乎這些；可，我不就得在自責中煎熬、在自我救贖中度日了嗎？

　　再說，即便是錢、你不要了。四年的感情，怎麼可以就這樣沒有結果了呢？不合適做情侶，難道還不可以做個普通的朋友嗎？

　　突然，他又想到了電影《空泛漣漪》。那電影，其實還有個名字，叫《養豬場的奇跡》。養豬場，雖很有寓意；但，他還是覺得空泛漣漪更好。電影裡的人物，於財富、是空泛漣漪；自己，於感情、不也是空泛漣漪？人類，常常、往往……不都是在空泛漣漪？

　　正當他對她，心中的微詞、一天天增長時，他、發現QQ上有個女孩要加他，附加消息中、還寫著「她的閨蜜」。

　　「她的閨蜜」？她，是她嗎？不論是不是，先「同意」了吧。

　　加為好友後，那女孩道：「你好。」

　　他回：「你好。」

　　「我是她的閨蜜。」

「她有話讓你轉達嗎？」

「沒有。」

「那你加我幹嘛？」

「我看你太當真，想勸勸你。」

「她就沒當真過嗎？不是當真的嗎？」

「應該沒有，也應該不是。」

「怎麼可能呢？」

「為啥就不可以、不能呢？都是現代人，就不能玩一把曖昧？」

「她不是玩曖昧，我能感覺得到。」

「就算她不是玩曖昧，也不一定非得有結果呀！」

「我希望有結果。」

「早跟你說了，啥也別指望，我們不過都是些外圍女。」

「外圍女？那又怎麼了呢？玩小說、演電影、當模特……絕大多數的人，不都是只能在外圍嗎？又有那少人、能夠……」

「你是真不懂『外圍女』、還是裝不懂？」

「可，我是真的愛她。」

「她也早就跟你說了，不值得你愛。」

「好，就算是我自作多情；可，我也總該把錢還給她吧。」

「不用還。她也說了，那是對你的投資。」

「投資？即使是投資，那我也得還本付息吧？」

「要是在乎你還本付息，那當初還不如去投資房地產。是不是這理？」

「她看不起我？」

「恰恰相反。當初投資你，就是她不願看到才華被貧困扼殺。」

「哦。」

「你畢業了、工作了，她就撤了。這有什麼不對的呢？」

「可，我真的很想她。能不能請她再上QQ聊一次、只聊一次，你就幫幫忙。」

「也許，你是初戀，但、這是網戀、柏拉圖式的單相思……沒

什麼的，也很快就會過去的。」

「我過不去。」

「會過去的，時間可以治癒一切。這些，你比我們懂。你若真喜歡她、愛她，就忘掉她，好好寫作；而後，再好好找一個愛你的、你也愛的……」

「我喪失了愛的能力……」

「不要瞎說。尤其，是你要好好寫作，寫出更多的好作品；她，會一直關注你的……」

「她還會看嗎？真的會看嗎？」

「會看，會跟讀的；也許，還會跟讀你一生。」

「……」

「好好寫作，寫出更多、更好的作品，就是你的回報。」

……

她的閨蜜也消失了。從那以後，也沒有再回過一句話、一個字，或一個表情符號。

他，知道她一直都在關注著，所以很勤奮。

……

他的故事講完了。

老友們，卻誰也沒有再說話。

大家、各自，關注著眼前的某一物件；就這樣坐著、坐著，坐了很久很久。

連那位愛說愛笑的，也都板著臉，顯得很凝重。

只有那只蛾子、撲棱著粉色的雙翼，離開棲息的窗紗，在客廳裡飛著、繞著……繞了一圈、又一圈。

2021-2-9 南京

23 小甜甜死了

—— 小說・三百五十六（九卷：色情中的非色情）

小甜甜死了。

小甜甜，只有十三歲，但、很美。她，剛發育，處在成熟與未成熟之間；或者說，正走在通往成熟的路上……

小甜甜，身材勻稱、兩腿略長，屬特適合做舞蹈演員的那種。小甜甜，是南亞人；可，她的皮膚並不黝黑，反而白皙、細膩、稚嫩，泛著朝霞般的光。

小甜甜的五官，立體；眼睛、很大，像印度人。可，她的瞳仁、卻是藍色的，像湖水一樣美麗；激情時，還會變幻成琥珀色。

小甜甜，愛笑、愛樂。她，總是笑，總是樂；即使你再不開心，只要聽到她的笑聲，愁雲也會立馬散盡。

小甜甜，會唱歌，會用五種語言，唱很多、極甜極美的情歌；小甜甜，還會跳舞，會跳民族舞、現代舞、古典舞、肚皮舞、街舞，還會一點點高雅的芭蕾。

小甜甜，就像條美人魚，如果遊進了你的心中、你想趕都趕不走，也沒法、且不可能再把她趕走。

真的，小甜甜、太可愛了！小甜甜，還是擁有數百萬粉絲的網紅。小甜甜很懂事，她再忙、也會每天抽出空來、在聊天室裡與粉絲們見見面，或表演個節目、或聊點啥，設法逗粉絲們開心。

然而，小甜甜、卻死了。

小甜甜的死，與一位七十三歲的北歐某市退休老教師相關。

退休了，老教師閒著、沒事可做，便上網溜達。無意之中，便進入了一家同性戀交友網站，加入了一個聊天群。

在群裡，老教師撩上了一個十三歲的男孩。他們約好，某月某日某時、在某街的街角見面。當然，是要發生性關係；也當然，老教師是付費的。這些，是誰都懂的。

可，老教師剛到那裡，就竄出十幾個小屁孩，沒頭沒臉地、拳腳相向；一頓胖揍後，又在一聲口哨聲中，全都逃得無影無蹤。

而被圍毆的老教師，則突發心肌梗塞，且無人搶救；待到人們發現時，已晚了，老教師已死掉了。

如是，警方就迅速介入；也很快，就抓獲了那十幾個小屁孩。而一查，這些個小屁孩們、竟然是啥「戀童癖獵人」。

這些小屁孩，因疫情被限制在家中，無聊、就上網聊天，就聊到了「戀童癖獵人」的故事；而後，就策劃、就釣魚⋯⋯

而老教師也正閒著、正沒事可做，就上鉤、就被釣了。之後，就是被胖揍了；最後，也就死掉了。

老教師死了，本與小甜甜無關。可，老教師的生前好友、及部分學生，發起了悼念活動；而這某市的市長，又恰是老教師的學生之一。市長不能不參加，市長一參加，原本的普普通通的追悼、又演變成了全市的街頭燭光悼念。

影響太大了。警方有壓力，只好再次行動，打掉了全市所有的「戀童癖獵人」。而小甜甜，又恰好是某兒童權益團體的虛擬人；如是，不經意間，也被一起打掉、一起曝光了。

可，小甜甜在全世界各地的數百萬粉絲、不幹了，也沒法幹呵；他們，在網上不斷聚集，要求某市警方、賠他們的小甜甜。

無奈之下，某市警方只好恢復了那家網站，尤其是恢復了小甜甜的聊天室。可，小甜甜是虛擬人的事實、已被曝光了，覆水難收、無法補救了。

這樣，小甜甜就死了、只能死了。

小甜甜的粉絲們，悲痛欲絕。他們強烈要求：那些給老教師搞街頭悼念的人們，必須也給小甜甜搞一次全市性的街頭燭光悼念；且要隆重，要超過間接害死小甜甜的、那個不正經的老教師。

2020-11-19 南京

24 遺民

——小說‧三百七十（九卷：文化紊亂）

「哇，你太美了。」

「是嗎？你不出現，我怎敢醜呢？」

「是張迷，張愛玲的粉絲？」

「是的。不過，更準確些，該叫『沈香』。」

「是的，該叫沈香，我知道的。」

「你也是？」

「不，我喜歡錢鍾書。我一男的，迷戀張愛玲不太合適。」

「有啥不合適？男士就不可以喜歡張愛玲嗎？」

「不是不可以，而是我雖喜歡張愛玲……但，我把錢鍾書當成我的偶像。」

「……

「不愛的愛情，永遠不會變壞。所以，我們調情，我們曖昧，卻永遠不要相愛……」

「第一次見你的時候，我的心裡已炸成了煙花，需要用一生來打掃這灰燼。」

「人生最大的幸福，是發現自己愛的人正好也愛著自己。」

「……

回想著初次相遇、一見鍾情，與張愛玲的錦句；小B，躺在別墅庭院中的遊泳池邊。

傍晚前的秋陽，照著整個庭院，也照著小B和她的躺椅；躺椅旁的小桌上，一束鮮花，一杯紅酒。

一不小心，活成了白富美。小B，對眼下愜意的生活、很是心滿意足。以前的她，只知道掙錢、拼命地掙，卻不知道怎麼花、怎麼花得開心。

掙錢時，小B是猛將；她，殺伐果斷、快進快出，大把地掙錢，

掙人民幣，還掙美元等等。哪兒有錢掙，就殺向哪兒。

閨蜜和朋友們都說，她嗜血，對錢的嗅覺、比狗鼻子還要靈。小B，也確實是把掙錢的好手。

可，認識大A之前，她不太會花錢。掙錢之餘，除了彈鋼琴、畫油畫，就是練瑜伽，或重溫兒時練過的芭蕾；再，就是看書。

而看書，她也只看張愛玲的小說、散文，與張愛玲相關的故事和文章。

只要與張愛玲相關的，小B都喜歡。為體驗張愛玲的感受，她曾多次飛往上海、香港、洛杉磯，在張愛玲生活過的愛丁頓公寓、聖約翰大學、西木區公寓二〇六室等處，讀會兒張愛玲當年寫的作品，揣測下她當時的心境。

認識了大A後，小B才體會到花錢的樂趣。她給大A換手機、換手表、換座駕，甚至、連別墅也換了。

眼下這近千平米、帶遊泳池的別墅，就是她送給大A的。不過，現在這裡成了他倆的幸福窩。但，產權是大A一個人的。

她給A大把地花錢時，特別開心，花得越多越開心；花得多，才體現出她的價值。如果說，過去掙錢是盲目的；那麼，如今的大A、就是掙錢的動力。

……

傍晚前的秋陽還在，照著庭院，也照著小B和她的躺椅；躺椅旁的小桌上，一杯紅酒，一束鮮花。

愛情不能用金錢衡量。這就是「喜歡一個人，會卑微到塵埃裡，然後開出花來」。

大A，也給她送包包、時裝、首飾、化妝品……小B的衣裳，是路易威登新款；高跟鞋，是迪奧；包包，是愛馬仕限量款；表，是肖邦滿鑽；手鏈，是梵克雅寶；項鏈，是卡地亞……

小B出門，一身打扮就得百萬。

大A，不是吃軟飯的，也不是小鮮肉，自然更不是大叔，而是望一眼就能看得出、經過很多磨礪的、真正男子漢。

　　小B，後來才知道、大A當過特種兵。小B在電影和電視劇裡、看過那種野人般的訓練，她也不是喜歡受過野人般訓練的大A，而是喜歡他的另一面、暖男的一面。自然，那粗礪的經歷加暖男的一面、是她最動心的。

　　小B喜歡大A，有空時獨自去無錫、看錢鍾書的出生地，或一個人坐上飛機去英國、看錢鍾書讀過書的牛津；再飛到倫敦去，在廣場上餵餵鴿子……

　　她覺得，大A就是個男版的自己。這樣的男人，才懂得爛漫，也才算會享受生活。

　　所以，那次朋友的趴體上，小B一眼就發現了大A，也一眼就認準、並自許了終身。她要與這融陽剛與柔情於一身的男人共度一生，也只有與這樣的男人在一起、才不白瞎了她這白富美。

　　小B知道，大A和自己一樣、不是出身於名門世家、不是富二代，而是憑自己的本事、躋身於那樣的趴體。能躋身於那樣的趴體，本身就說明了價值。

　　那院內門外停的車，都是勞斯萊斯、法拉利、帕加尼、阿斯頓‧馬丁、柯尼塞格、布加迪威龍、蘭博基尼、瑪莎拉蒂、邁巴赫、保時捷、賓利雅致、特拉蒙塔納R級跑、帕拉米拉，至少也是寶馬Z4。可以說，有的車、屌絲們見都沒見過。

　　總之，大A是真正的高富帥。且沒有那種高人一等的感覺，更不是那吸毒、夜夜笙歌、炫富的一族，而是低調奢華、內涵深、城府也很深的那種。

　　小B與大A，一不小心、就墜入了愛河。大A的可愛，還在於他不是那種約會、吃飯、飆車、自拍、啪啪啪的淺薄男人，而能夠精神交流，陪小B談張愛玲，有時也談他的錢鍾書，談「男人徹底懂得一個女人之後，是不會愛她的」，談「女人全是傻的，恰好是男人所希望的那樣傻，不多不少」。

　　談人生，談「人生的刺，就在這裡，留戀著不肯快走的，偏是你所不留戀的東西」、談「生命在你手裡像一條蹦跳的魚，你又想抓

住它又嫌腥氣」；談愛情，談「一般的男人，喜歡把女人教壞了，又喜歡去感化壞女人，使她變為好女人」、談「我以為愛情可以填滿人生的遺憾。然而，製造更多遺憾的，卻偏偏是愛情」……

……

庭院，在傍晚的秋陽裡。小B和她的躺椅，也在傍晚的秋陽裡；一杯紅酒、一束鮮花，在躺椅旁的小桌上。

大A出去辦事，還沒回。

大A出去幹什麼，小B從來不問。自然，小B幹什麼，大A從不會干預。不像屌絲們，啥都管著，寸步不離，還查手機。

小B一向以為，愛就是信任……

大A說過，喜歡聞她身上的香味，那是一種高級香水與體香混合的味道。

大A還說「我要坐遠一點，你太美了！這月亮會作弄我幹傻事」、「你嘴湊上來，我對你嘴說，這話就一直鑽到你心裡，省得走遠路，拐了彎從耳朵裡進去」、「從今以後，咱們只有死別，不再生離」……

時間過得真快。趴體，已成往事；一見鍾情，也成往事。每個女人，都渴望婚姻。張愛玲，也渴望婚姻。

……

「我們結婚吧。」小B道。

「錢鍾書說過，『婚姻是一座圍城，城外的人想進去，城裡的人想出來。』」

「那就不結婚，永遠卿卿我我、永遠你儂我儂……」

「好，永遠卿卿我我、永遠你儂我儂！」

「要孩子嗎？」

「張愛玲有子女嗎？」

「沒有。」

「錢鍾書也只有一個女兒。」

「那我們也不要孩子，兒子女兒都不要……」

「永遠卿卿我我、永遠你儂我儂……」

……

大A回來了，打斷了小B的回想。

大A，慌慌張張地對小B道：「這一單沒做好。」

「怎啦？」小B問。

「孩子太小，我下不了手。可，讓她看見我的臉了……肯定會出事的。」

「你，一直在做……」

「搶劫，綁架、勒索。」大A道：「對不起你，我害了你……」

「沒事。」小B道，「我也不是啥正道，我是挪用公款起家；不過我運氣好，都做對了方向……都還上了。」

「真的？」大A道。

「喜歡錢，不是我們的錯。」小B道，「你下不了手，是對的。我們不去欠人命、血債……」

「現在怎辦呢？」

「跑！離開這裡、離開上流社會，躲到民間去。」小B道，「我有很多錢……我們一輩子也花不完。」

「好，這就走。」

小B與大A消失了，消失在茫茫人海中。

甚至，大A還給他搶劫、綁架、勒索過的苦主們，分別寄去加倍的賠償金；給案發所在的派出所、分局，寄去了悔過書和自罰金。

當然，他們並不想被抓、不想坐牢；甚至、非常狡猾，他們寄錢、寄信，竟跑到千里之外去寄，且、飛機、高鐵的出入口都沒留下他們的影像資料。

然而，在中國，真要想抓你、又怎可能跑得掉呢？

小B與大A，還是被抓回來了。

由於他們是共同揮霍，兩案作並案處理。

開庭了，小B與大A被分別押了進來。然，他倆都低著頭，誰也沒敢彼此看一眼。

長達幾個小時的審理過程中，雖小B偷看過大A、大A也偷看過

小B，但、兩人都還沒有機會對上過一眼。

庭審，結束了。

突然，小B撕心裂肺叫喊道：「大A、老公，我愛你、還愛你，永遠愛你！」

大A也抽泣地道：「小B、老婆，我也愛你，永遠都愛你！」

小B要衝向大A，大A也要衝向小B……然，兩位女警緊緊地控制住了小B，兩個男警也牢牢地控制住了大A。

小B拼命地叫喊、囑咐大A：「好好的，爭取減刑……」

大A道：「嗯，你也好好的，也爭取減刑……」

「你要是先出去，一定要等我。」

「嗯，我要是先出去，一定等你；你要是先出去，也一定等我。」

「以後，我倆就是喝稀飯，也要在一起……」

「要飯、也要在一起……」

「對，要飯也在一起……」

「你要飯，我就給你端碗……」

「我倆相互挽著、要飯……」

……

小B與大A，都被帶走了；審判庭裡，空空蕩蕩的。

2020-12-30 南京

25 黑吃黑

——小說·三百九十六（十卷：套中套）

栽了，這回算是真栽了。靚姐想。

……

「你的臉頰，在屏幕上；可你的笑容，卻鑽進了我的心裡。」

「緣，既是輕風，也是心動，願你我感覺相同。」

「等了一萬年，才與你在網上偶遇。」

「最浪漫的事，就是看到你花一樣的容貌；最溫柔的話，就是聽到你面對我發出的笑聲……」

「虛幻的網絡背後，是顆跳動的心；明知很難，我還是想親口告訴你：我愛你。」

「看到你，我就無法自控；透明的空氣，也彌漫著紫色的激動。」

「愛你，就好像茶葉和水，沒有水，茶葉很寂寞……」

「玫瑰凝愛、風扯故事，要我伴你到永遠。」

「情深深，話綿綿；雨蒙蒙，人戀戀……願我愛的帆，駛進你心的港灣。」

「容顏易老，青春會跑；人生知已太少，癡情戀人難找……難得能認識你，真好！」

「你是個讓我恨不起來，又愛得要命的漂亮女人。」

……

靚姐，原以為小帥哥只是個普通的男孩。她想，聊聊天，打發下日子，也挺好。

可，小帥哥太能說了。他的情話，靚姐自然不會當真；但，誰不願聽好聽的呢？何況，小帥哥願說，那就讓他說好了。太認真，就沒啥意思了。

真是沒想到，聽多了、聽久了，還真就有點當真了；至少，是沒啥防備心理了。小帥哥說帶她賺錢，那就賺點吧。雖然，靚姐根本就不缺錢。但，這不讓小帥哥開心嗎？總不能天天說情話。

賺到了，靚姐就更沒太在意；打一半給小帥哥，這是靚姐的心意。靚姐，是個非常大條、也極豪爽的人。

小帥哥說，得加大投資，那就加大投資唄。反正，能賺到錢、是親眼見到的事實；而賺到的錢、能提得出來，也是親手經歷過的事。又何必成天小打小鬧。

沒想到，錢、會突然就提不出來了呵！更沒有想到，這麼想要

跟自己好的小帥哥，也會QQ、微信全都不回了呵！

靚姐，這才突然意識到，遭遇到了殺豬盤。那小帥哥，是把自己當成一頭豬、宰了。

靚姐急壞了，怎說那也是好幾百萬。她，跳起來，衝出起居室，穿過小花園，闖進辦公室，叫喊著：「老公，我被殺豬盤宰了。」

「怎得啦？怎麼回事嘛？」

「別問了，先給我把錢給弄回來。」靚姐沒法解釋，沒法說自己、在網上跟小帥哥調情等。

「有平台鏈接嗎？QQ號、微信號，也行。」

「有，都有。」

「那你就趕緊都給小二，趕緊查！」

小二，便領著幾個高手、忙碌了起來。而被靚姐叫老公的，則出了辦公室，關照三子整頓人馬。

眼看，一場大戰、即將降臨。靚姐的心裡，又不是很放得下那小帥哥了；她，怕他會被傷著，或是在不經意中丟了小性命。

靚姐與小帥哥的調情，是打發寂寞、鬧著玩的。她自己完全清楚，那不是真的。可，這麼帥的一個小帥哥，若是真傷著、或是丟了性命；她，於心不忍。

靚姐想，人不都是這樣的嗎？若是個要飯的，死了也就死了。

靚姐，非常善良。這，大家都知道，老公也是清楚的；其實，老公就喜歡她這點，但、不肯明說。

靚姐也啥都明白，可、有時就是把持不住。

忙碌的小二，突地叫了起來：「頭，找到了，就在本市。」

「啥位置？」頭說著、望了眼，便對眾人道：「換警服，操傢伙，走，抄了他們的老窩。」

警燈閃爍，警笛尖叫，警車奔馳在長街上。

一彪人馬，威風凜凜；在頭帶領下，直奔目的地而去。

到了那大廈，不等保安反應過來，頭的人馬已將保安、監控等全都控制住；而後，分乘電梯、上了高樓某層。

「呼」地一聲，一槍托把公司的玻璃門砸得個粉碎；眾人，衝了進去，厲聲高叫著：「我們是警察，不許動、不許動！」

「快，把手舉起來！」

「都把手舉起來，都把手放在後腦勺上，靠牆、蹲下。」

局面，控制住了。

「打開保險箱。」頭命令道。

「把卡上的錢，也打到派出所代保管。」

然，小帥哥卻發現，這幫警察的裝備、非常奇特，除了手槍、匕首外，竟然還有砍刀。他，便悄悄對身邊的人、努了努嘴。

身邊的人，用同樣的方式、暗示著其他的人；不一會，被控制的人開始騷動。

有人，悄悄摸出了手機。頭的人發現了，一匕首飛過去；隨即，人也竄了過去。那摸出手機的人，手機跌落；原本抓手機的手指，也耷拉著，似斷了，血流如注。

那人，疼痛地嚎叫著；頭的人，撿起塊抹布、塞進了他的嘴裡。那人還在掙扎，另一人上前、一槍托打暈了他。

所有的人，全都老實了。保險箱，也打開了；讓轉的錢，也都按賬號轉了過去。

被控制住的人，全都被戴上了指銬、戴上了頭套；忙完這些，頭的人又檢查了一番、才押著他們下樓。

被套上了黑頭套的小帥哥，聽出了靚姐的聲音，故意放慢了腳步、落在眾人之後；待走到靚姐身邊時，他才壓低了聲音、悄悄問：「是靚姐？」

「是。」聽出了小帥哥聲音的靚姐，也壓低了聲音道：「你這小子，把我害得好慘。」

「我就是一打工的。可，我喜歡你是真的。」

「怎，還想給我吃藥？」

「我哪敢？」小帥哥道：「再說，你這不也立功了嗎？」

「你小子，以為我會稀罕立啥功？」

小帥哥沒再說啥。

而想到之前、在網上聊天時的纏纏綿綿，靚姐也不忍說啥；押著帥哥、跟在眾人後面，緩緩地下樓。

樓下，十幾倆警車、閃著警燈，一長溜排在街邊。

靚姐，把小帥哥帶到最後的一輛箱式警車旁，對駕駛座上的小警察揮了揮手，道：「你到後面去，我來開車。」

小警察下車，爬上、並擠在裝滿殺豬盤公司的人之中；這時，靚姐才對小帥哥道：「你坐副駕。」

車隊，開動了。一長溜警車，閃著警燈、呼嘯著駛過長街。

副駕上的小帥哥道：「靚姐，我把頭套摘下吧。」

「不行。」靚姐道。

「還帶著指銬呢，我又能怎樣？我只是太想太想看看你、真人的模樣。」

靚姐，笑了，且笑出了聲。

摘下了頭套的小帥哥，看著開車的靚姐，道：「姐，你真的很美、很美，太美了！」

「是嗎？你也很帥。」

「我哪能跟你比？你穿著警服，真是美極了。」

「真的嗎？」

「真的。可，你好像不常穿。」

「你是怎看出來的？難不成，你是……」

「怎可能？我，啥也不是，只不過、有種直覺而已。」

「那你、倒是蠻精的。」

「姐，你就把我放了吧，我跟他們不一樣；再說，我又沒油水。」

「你們的人，這會誰還會有油水？」

「那，你們這是、打算把我們弄到哪去呢？」

「鐵心橋。」

「鐵心橋？那、哪有拘留所？」

「先安置在舊民宿裡。」

「姐，千萬別把我跟他們關一塊，他們會殺了我的。」

「那，你以後怎報答我？」

「姐，等我有了錢，我一定會好好孝敬你。」

「窮鬼。等你有錢，等到啥年月？」

「那你要我怎樣嘛？」小帥哥道：「要不，你要我怎樣、我就怎樣，行不？」

「隨叫隨到。」

「是。」

靚姐笑了，道：「敢跳車嗎？我總不能停下車、放你下去吧？」

「敢。但，你總得給我把指銬打開吧。」

靚姐，騰出一只手、打開了帥哥的指銬；小帥哥，就勢抓起靚姐的手親吻了下，而後打開車門、轉身跳下了行駛中的警車。

……

到了鐵心橋，警車都停了下來；在路邊，排成了一字長蛇。

頭的人，讓殺豬盤公司的人一個個地下車；而後，用繩子把他們串了起來，串成長長一串。

再牽著他們，往黑地裡走。到了舊民宿，把他們往裡面趕；一間塞滿了，割斷繩、再往另一間裡趕……

眼瞅著，就要收工了；突然，海量的警車閃著警燈、呼嘯而來。

反抗，已不太現實了；頭的人，向四處逃散。

然，包圍圈已形成。

剛趕到的警車上的探照燈，全都打開；幾里地內，被照得如同白晝般。高音喇叭，也喊了起來：「我們是真警察！假警察們，不要亂跑，更不要試圖頑抗；都就地蹲下來，雙手抱著頭。殺豬盤公司的人，也不要亂……」

很快，頭被控制住了；他手下的人，也只好束手就擒。

頭的人，被往一處趕，戴上了指銬和頭套。

這會，全反了過來。靚姐，磨磨蹭蹭、落在眾人之後，邊走、邊辨識著小帥哥的聲音、與方位；待她走到了小帥哥的身旁時，才

壓低了聲音道：「是小帥哥？」

「是我。」小帥哥回道。

「放了我吧，小帥哥，求你了。」

「不行。」

「為啥？」靚姐依舊壓低著聲音，道：「可別忘了。剛才，是我放了你。」

帥哥很無奈地道：「沒辦法。因為，我是個真警察。」

「真是臥底？我草，這回、算是真栽了。」

2021-5-15~16 南京

26 套路

——小說・三百五十七（九卷：校花的先生）

說實在，剛進大學那會，校花是我的追求。

A

校花，也幾乎是每個男生的夢想。

記得，當時我們寢室裡的五個男生，就有兩雙半、喜歡校花；誰都希望自己能夠成為校花身邊、那個相隨相伴的人。

這份喜歡，其實就是一種競爭；而這種競爭，也遠未達到由校花選擇、就已從我們的寢室開始了。

首先，是大家比條件，看誰更合適、更有可能被校花喜歡。而後，是揣測校花、猜她究竟會喜歡啥樣的人。

然，這情景、沒維持多久、就發生了變化。

原因，是校花居然每晚、都要跟我們寢室的張同學煲電話粥，且一煲就是大半夜。

B

張同學，竟然能跟校花、夜夜煲電話粥；這，無疑是讓我們大家都嫉妒。

但，校花竟這麼不自重，卻也是我們各自心中不約而同、不再喜歡她的一個重要原因。

漸漸，這種不喜歡、就在寢室裡面公開了。只要張同學不在，大家就會列舉校花的不檢點等等，數落一番、發泄一通。

在我們的寢室裡，也只有張同學一人、還在傻傻地喜歡著校花。

再後來，我們就把這種不喜歡漸漸發展成、幾乎全校的所有男生都不再喜歡。

自然，全校、也只有張同學一人、還依舊喜歡著校花。

C

每晚，張同學都要躲在被窩裡、與校花煲電話粥，一煲就是大半夜。

這，不僅影響到我們的睡眠，也影響到了我們的學習，甚至、還嚴重影響了我們的身心健康。

如是，我們商量好了，一定要根本解決、徹底改變。

一日，趁張同學出去洗漱，我們就把他的手機掰開、摳出電池，扔到了樓下。

大家心想：今夜，總可以好好地睡上一覺了。

可，沒有想到的，是張同學回來之後、就上床；上床之後，又煲起了電話粥，且、又煲了大半夜。

第二天，趁張同學不在，我們再掰開他的手機，發現手機裡、根本就沒有電池。

D

我們把這件奇怪的事，跟兼輔導員的校醫說了。

校醫判斷，張同學可能精神出了問題，要我們把張同學、請到他那裡去。

從校醫那裡出來之後，我們仔細商量、且策劃了一番。

回到寢室，趁張同學不備，我們用衣裳、蒙住他的腦袋；而後，

用繩子、把他捆得像粽子一樣，抬到了校醫那裡。

完成任務之後，我們就樂著跑了出來，大家開心地狂笑了一番。

可，沒有太久，張同學就也出來了。

遇見我們，張同學還朝我們笑笑，說：「我沒病。」

E

他沒病？

張同學沒病，他居然沒病？

張同學沒病，那就是我們病了、全都病了，且、還病得不輕。

F

畢業之後，大家各奔東西；即使是在同一座城市裡的，也很少有空往來、相聚。

然，八年之後，我們卻全都收到了參加校花婚禮的邀請。

而張同學，竟然成了校花的先生。

G

天吶！天吶、天吶⋯⋯

這是個什麼世界？到底、還有沒有道理好講？

2020-11-20 南京

27 百萬打賞

——小說・三百八十五（十卷：美男夢）

入夜，局子裡一片寂靜。

該處理的都處理了，兩個值班的女人閒了下來。一個，是四五十歲的正牌警察；一個，是三十出頭的輔警。

輔警道：「張姐，看了你年輕時的博文，覺得很有文采，你真應該當作家。」

「可不是。歲月，瑣事、糾紛……一轉眼，就把夢想、想像力、文采……全都給磨光了。」

「你要是不當警察，沒準現在是位赫赫有名的大作家。」

「那倒也未必。現實總是這樣，當作家的、沒有故事，有故事的、又當不了作家。」

「我就不明白了，這是為什麼？」

「也沒啥不好明白的。生活嘛，總是這樣的。」

「張姐，不說這些我聽不懂的，你還是講故事或講點見聞。」

「好吧。」

「那，今天講點什麼呢？」

「那就講，一個男的、騙了一個女的一百多萬。」

「好，那快講。」

「那你就不許再插嘴，也不許打斷。」

「嗯。」

……

近年，在一個視頻網站上，有個網紅主播是小鮮肉，他有十幾萬的死忠粉。

某女，也是他的死忠粉之一。平時，這某女也常給小鮮肉十塊、二十……甚至一百地打賞；但，沒引起小鮮肉的注意。

這天，也許是聊天室裡的人太少，也許是人雖有、但氣氛不夠；反正，是小鮮肉撩了一下某女。

這一撩，就把某女壓抑在內心的愛慕之火給撩撥、點燃了。

如是，某女情不自禁、且奮不顧身，「台叽」一下、給小鮮肉打賞了一千元。

一千元。說實話，如果在平時、小鮮肉都沒眼睛看。可，這會、不正巧人少或氣氛不夠嗎；如是，小鮮肉就深深一鞠躬，說是要把下一支歌、送給某女。

某女一聽，便道：「哥，我們私聊吧，不會占用你很多時間的。」

如是，小鮮肉就給某女開通了個私聊的單間。

在私聊的單間裡，某女的第一句話就是，「哥，我愛慕你很久很久了。」

小鮮肉道：「是嗎，我怎沒看出來？」

某女二話不說，「台叽」又一下、給小鮮肉打賞了兩千元。

如是，小鮮肉的精神頭來了，且也更熱絡，說是要給某女獻唱一首最美的情歌。

某女一聽，道：「哥，情歌就別唱了，我倆戀愛吧。」

小鮮肉一驚，道：「為啥？」

「我喜歡你呀，難道這還不夠嗎？」

小鮮肉看了看某女，道：「你，戀愛過嗎？」

「沒有。」

「沒有？你怎會戀愛？」

「怎不會呢？我已經愛上你了，只要你答應跟我談，我們不就開始戀愛了？」

「這倒也是。」

「哥，怎樣，跟我談吧！」

「姐，我不能光談戀愛、不吃飯呵。」

「這好辦，我給你打賞。」

又「台叽」一下，某女手指點了點、就把五千元又打賞給了小鮮肉。

小鮮肉趕緊道：「嗯，能看出來了，你是真心喜歡我的。」

「可不是，那我們可以算是正式戀愛了吧？」

「算正式戀愛了。」

哇塞，終於正式戀愛了。某女興高采烈，道：「哥，那你帶我上哪去玩呢？」

「你說吧。」

「該你說。你是男的，你想帶我上哪去玩呢？」

「拉斯維加斯，怎樣？你去過嗎？」

「沒有，拉斯維加斯在哪？」

「在美國。」

「那我可去不了。」

「為啥？你怎就不能去？」

「要上課。」

「去不了也沒事，我們可以在想像之中去。」

「好。」

「那我就先訂機票。」

「我沒護照。」

「你要護照幹嘛？我們不是說好了嗎？在想像之中去。」

「也對。」

「而後，我再預訂一家酒店。」

「要總統套間。」

「總統套間？這不行，我們沒這麼多錢。」

「別急，我馬上打給你。」說著，某女又「台叫」一下、給小鮮肉打賞過去了十萬。

小鮮肉見某女一下子打過來十萬，便道:「那好，我們就預訂總統套間。」

「那早上起來，我們玩什麼呢？」

「隨你呀！你想逛街，我們就去逛街；你想遊泳，我們就去遊泳。」

「拉斯維加斯有海嗎？」

「我也不太清楚。可，美國肯定是有海的。」

「那好，我們就到海邊去，先衝浪；衝過浪之後，再順便遊上一會泳。」

「遊完泳之後，就該我請你吃飯、吃澳洲大龍蝦了。」

「美國，有澳洲大龍蝦嗎？」

「美國，啥沒有？」

「那倒是。」

「吃飯之前，我還要給你送上一捧鮮花。」

「啥花呢？」

「那當然是玫瑰。愛情的像征嘛！」

「好，九十九朵玫瑰。」

「你也太小看我了。我要給你送上九千九百九十九朵紅玫瑰。」

「哇！哥，愛死你了。我原本就想好，這一生、只談一次戀愛。現在，我發誓：我只跟你談，談一生一世。」

「別急，還有呢。」

「還有？」

「對。到了晚上，當夜幕降臨的時候，我就在沙灘上，用蠟燭點亮一圈心型的圖案，中間是三個字：『我愛你』。」

「哇！哥呀，這也太浪漫了。」

「還有。」

「還有？哥呀，我的心、都快要化了。」

「還有。當我們攜手走進燭光的心型圈裡時，突然、焰火騰空而起，色彩斑斕、繽紛滿天……滿天的焰火，再組成三個字：『我愛你』。」

「哇！哥呀，真是酷斃了、帥呆了，我愛死你了。」

「但，錢也用得差不多了。」

「沒事。哥，我打給你。」說著，某女「台叽」一下、又給小鮮肉打賞過去五十萬。

小鮮肉一看，趕緊道：「謝謝！」

「謝啥？一家人不說兩家話。」某女道，「對了，有沒有氣球？我喜歡五顏六色的彩色氣球？」

「有呀。我送你九千九百九十九朵紅玫瑰時，那背景、總不能光是海吧？不就得用氣球、五顏六色的彩色氣球？」

「對。」

「還有，我還要給你照相，拍很多最美最美的照片，留作紀念。」

「那太好了。」

「這時候，我就要送你包包、高跟鞋、晚禮服等等了。」

「哇，太好了，謝謝！」

「不謝！這是應該的。我還要送你項鏈、手鏈、腳鏈，還有耳環等等。」

「那真太好了。」

「最重要的，是我要偷偷地量一下你手指的尺寸，而後、再悄悄地為你準備下一枚鑽戒；在你毫無心理準備的時候，突然、我單膝跪下，正式向你求婚了，我說……」

「我願意、我願意，我太願意了。」

「這，就到該籌辦婚禮的時候了，可是……」

「別可是。我知道，錢又不夠了。沒事的，我打給你。」

「很不好意思。」小鮮肉道。

「沒事的，我們都已經是夫妻了。」可，某女發現：卡上已經沒錢了。

「那怎辦？」視頻的那邊，小鮮肉問。

某女道：「你別急。稍稍等一會……我貸款。我知道有一處，可以秒貸的。」

「好，我等著。」

不一會，貸款下來了，某女「兮叨」一下、又給小鮮肉打賞過去五十萬。

「錢到賬了。」

「好。」

「那我們就繼續。剛才到哪裡了？」

「到籌辦婚禮了。」

「對，籌辦婚禮。」小鮮肉道：「我們一起去選婚紗。」

「就是那種白色的婚紗？」

「是呀。」

「我們能不能舉辦兩場婚禮？」

「為啥？」

「我喜歡紅蓋頭。但，又捨不得那教堂裡、牧師問『你是否願

意無論是順境或逆境，富裕或貧窮，健康或疾病，快樂或憂愁，你
都將毫無保留地愛他，對他忠誠直到永遠』的感覺。」

「那還不容易，我們就舉辦兩場婚禮。你說，先辦中式、還是
先辦西式？」

「先辦中式。」

「好，那就先舉辦中式婚禮……」

幾乎同時，小鮮肉與某女各自身後的房門被打開了，響起「不
許動，舉起手來」的喝令聲；隨即，視頻裡也幾乎同時出現了警察。

……

「完了？故事就這麼完了？」輔警問。

「不完了，你還想怎樣？」

「哎，這女人，是不是花癡呀？要不，就一定是大腦有了啥毛
病。啥小鮮肉、老臘肉的，要是我，隨你有多帥、多酷，要錢、沒
有，要命、一條。」

「那哪是什麼『女人』，人家才十四歲。」

「啊，未成年，是小女孩？」

「可不是。那小鮮肉，也沒多大，不過才十九歲。」

「哎，都還是些孩子。現在、現在的小孩呀，真是沒法說。」

「啥都還是些孩子、小孩？弄起錢來，他們、可決不是孩子的
行為方式。」

「怎麼？」

「據說，那都是一條龍服務。」

「是嗎？啥一條龍、怎樣的一條龍服務？」

「打賞，手裡總有沒錢的時候吧？」

「嗯。」

「他們可以貸給你。」

「什麼意思？」

「就是，貸款給你，讓你再去打賞。」

「啊，照你這麼說……」

「那小鮮肉，就是那赫赫有名的秒貸支付、背後的金主。」

「真的？照你這麼說的話，那可不就是——這邊得到打賞，那邊就再貸出去、貸給別個；別個拿到了這錢、又打賞給他……」

「可不是。」

「可，他們總不可能什麼人都給貸款吧？再，那小女孩最初的錢、又是哪裡來的呢？」

「小女孩的父母，是跑運輸、做生意的。那手機、卡，都是她父母的；錢，是做生意的周轉資金。」

「哇，我還以為是個富二代呢，原來是個敗家的貨。」

2021-3-18 南京

28 美貌與才華

——小說‧三百五十九（九卷：交女友）

終於，獲得了世界級大獎；老作家，在一夜之間、突然暴富了。

微信上、QQ上，求加好友的人、海了去了。然而，他卻一個都沒有加，依舊守著那過去的、小圈子。

可、過去的圈內人，都知道他想獲大獎、一直在拼命，大家誰都不忍打擾他、也習慣了不聊天。沒有人注意到，他如今已夢想成真，也想放鬆放鬆、也想聊聊天。

如是，老作家就想，那就加幾個新人、聊一聊。

加誰呢？「新的朋友」裡的人，實在太多；劃動著、劃動著……偶爾看到了幾個美少女，他注視了一下。

有了，選幾個美少女……

老作家，邊劃邊刪，忙了幾個小時；最後，留下幾十個美少女。

當然，他也知道：如今，騙子太多，假冒的美少女太多（頭像

是美女，實際上是男生，套路騙）；但，他也有甄別的辦法。一番研究之後，新朋友、已只剩下了十幾個。

在這十幾個之中，他又刪掉了好幾個、一看就知道沒啥文化的。又一番斟酌之後，就只剩下了三個美少女。

三個美少女，都很美、很年輕，也都喜歡發段子。

一個，發有：「『床前明月光，李白睡的香』、『葡萄美酒夜光杯，金錢美女一大堆』、『天若有情天亦老，人若有情死的早』……」

另一個，發有：「『木蘭，我喜歡你，我們在一起吧！』『你已知道我是女的了？』『臥槽，你是女的呀？』」

還有一個，發有：「『雙十一，醜的人都在購物，那美的呢？』『美的，賣空調呀！』」

想了一會，他通過了第三個，把那兩個也一起刪了。

但，這通過的美少女，卻沒有回復他、更沒有聊天。過了好幾天，那美少女才發了一個段子：「跟女神死纏爛打了一個多月，終於把女神打成了重傷。」

老作家笑了。

又過了好幾天，美少女又發了一個段子「神農嘗百草……最後，發現還是肉好吃。」

老作家又笑了，還忍不住給她點了一個讚。

再過了幾天，美少女再發了一個段子：「那天，我把乞丐裝滿零錢的碗拿走了；沒想到，我這一舉、竟治好了他多年的殘疾。」

老作家再笑了，忍不住地問：「你這些段子，是從哪裡找來的？」

「我自己想出來的。」美少女回他。

哇，美貌，且還有才華！老作家很想跟她聊聊，可、美少女卻沒有任何表示。

沒有表示、也罷，美少女還消失了，且、一消失就是一個多月。

一個多月之後，美少女又發了個段子：「長得高有什麼用？上吊，還不是要踩凳子。」

老作家樂得不行，趕緊點讚。誰料，美少女發過來個視頻邀請；

想都沒想，老作家就打開了視頻。

哇，比頭像漂亮多了，且還這麼有才華。老作家心想：難得，美貌與才華兼備，不多見的。好好培養，一定會前途無量。

「您，是做什麼的呀？」美少女問。

她，竟然還不知道我、不知道我是作家，那就更不會知道我得了世界大獎、暴富了。老作家這麼想，便道：「你能把段子寫得長一點嗎？」

「試試看吧。」美少女道。

然，美少女想了好一會，也沒有能寫得出來。

怕美少女覺得難堪，老作家道：「不著急。啥時寫好，再發上來。」

「好。」美少女道，而後便下了線。

沒過兩天，美少女就發了個段子：「女生削鉛筆時，不小心把手劃出了道口子。喜歡她的那男生見狀，立即拿過女生手中的鉛筆刀，也把自己的手劃出了道口子。女生問：『你這是做什麼呀？』男生深情地凝視著女生，道：『你看，這樣，我們就是兩口子了。』」

老作家知道這個段子，但，他覺得年輕人、多多少少都有點愛慕虛榮；且，還覺得美少女知道把原段子之中、畫蛇添足的「半個月後，男孩因為染上破傷風桿菌死了」刪掉，就是一種聰明。

沒過一天，美少女又發了個段子：「相戀四年。然，相互間、誰也沒有承諾過一句。大學畢業了，返鄉的車上，她將先到站，而他後到站。她有點失落，說了句『到站叫我』、便低頭睡去。不知過了多久，她被叫醒時，早已過了站。正要著急，他卻笑道：『跟我回家吧。』她終於笑了。來到他那小山村，他、把她、賣給了個五十多歲的老光棍。」

老作家笑過後，忽覺有點熟悉。想了許久，才終於想出來，這是多年前、剛學會上網時、自己化名的那個博客裡的。

如是，老作家問：「還有嗎？」

不一會，美少女就發了過來：「蒼蠅媽媽，帶著小蒼蠅出去吃飯；它們，飛到一堆牛糞上，小蒼蠅鬱悶地問：『媽媽，為啥我們總

是吃牛糞呢？」媽媽罵道：『你這倒霉的孩子！我早就定了規矩：吃飯時，不許說噁心的事。』」

老作家心裡有數了，臨時寫了一個，找回那老博客、發出後，才再問：「還有嗎？」

隨即，美少女把老作家剛發上去的、發了過來：「餐桌上有只燒雞，小狗爬上了餐桌，主人怒道：『你敢對它怎樣，我就敢對你怎樣！』小狗斜了一眼主人後，舔了一舔雞屁股──小樣兒，看你又能怎樣？」

老作家，不忍心拉黑美少女，就在權限中、設置了「不看她」和「不讓她看我」。

這些，美少女自然還不知道。她，正在想：已差不多了。第一步，先見個面；第二步，出去旅次遊；第三步，讓他給買一套房……

突然，美少女發現、被禁言了，不由地道：「你也不想想，自己都多大年紀了，想讓本小姐白陪著你玩？」

美少女順手拉黑了老作家，心想：這傻老頭兒，有錢都不知道花。

2020-11-22 南京

29 培養對象

──小說‧三百三十三（九卷：培養）

一位大學生畢業之後，考上了公務員，考進了省級機關、某局，做了個科員。

上班的第一天，他整整提前了一個小時、到辦公室，把辦公室裡所有的桌椅、都擦乾淨；而後，又拖地，拖好了辦公室、再拖走廊，拖好了走廊、還拖了樓梯……

　　一日這麼做，算不了什麼；可貴的，是他能夠堅持每日都這麼做。

　　大家，也都看在眼裡。久而久之，就沒有人不說他好。

　　之後，領導層便開會、內定他為培養對象。

　　可，如今、又哪還有不透風的牆？很快，作為培養對象、要提拔他當科長的消息，連他自己也知道了。

　　原本打掃衛生，他只是為了表現積極，不曾想當科長；當然，知道了被內定為培養對象，就要提拔成科長後，他也更積極了。

　　他拖地的幹勁、越來越大，拖地的面積、也越來越大，那拖地的乾淨程度、也越來越高，辦公樓裡的地、都能當鏡子用了。

　　久而久之，人們就在背後、叫他拖把科長了。

　　還沒有正式任命、就被人叫科長，不知道這是幸、還是不幸。

　　他辛勤地拖呀、拖呀……就這麼一拖、就拖了十年。與他前後腳進局裡的人，大多數都已當上了科長；有的，都已經是處長了。可，他還是個科員。

　　當不當科長，其實於他真也沒有什麼；關鍵，是這拖地、如今不好停下來了。不拖吧，那以後就肯定是更當不上科長了；而繼續拖吧，也冤，都已經整整拖了十年了。

　　心裡不痛快，他就想要整一整、那些個只說他好、卻又不讓他當科長的人。

　　想是這麼想了，卻也沒啥辦法，只好作罷。

　　一日，他在網上溜達，見到了一種叫母豬發情素的激素，就隨手下了單、網購了一些。

　　貨到了之後，他也想了很久；最後，決定幹。如是，他就用注射器抽了些母豬發情素、袖在手裡，待到周圍沒有人時、注射進供水處的桶裝水裡。

　　自然，那水、他自己是再也不會喝的。

　　他不喝，可別人都得喝；且，他還不斷地變換著注射地點，把局裡的桶裝水都注射個遍。

如拖地一般，他默默地堅持著；而這，也算是他的一優點。

漸漸，就起作用了——局裡的女同事們，接二連三地懷孕；連快退休的、早已絕了經的老婦女，竟然也又來了月經。而男同事們，那玩意兒老粗、老堅著，上班下班都一直挺著。

有原本亢奮一些的小夥子，受不了時、拉住女同事就要那個……自然，那個、是不可能的。

如是，那激動無比的小夥子、就被送進了派出所；最後，還被判了刑。

局裡，也察覺到有啥不對勁，可、查又查不出來。

而他，也繼續堅持著；每次注射時，嘴裡還不停嘀咕：「叫你們不讓我當科長，叫你們不讓我當科長……」

到後來，連局長也變得亢奮起來了。而局長，是個有修養的領導，要亢奮、也不會在局裡呀。

局長，還是個很愛動腦筋的人，想呀、想呀……就終於想出了個辦法。

不動聲色。

一日，局長隨大家一起下班；而後，又回到局裡，請來了裝針孔監控錄像的……且，在整棟大樓裡、裝了個遍。

第二天，案子自然就破了。

如今，這培養對象已被抓了起來。而那因亢奮被判了的小夥子知道後，咬牙切齒、恨不能殺了這心心念念想當科長的培養對象。

2020-10-28 南京

30 色誘

——小說・三百七十七（十卷：亞文化）

「我被色誘了。」A經理進門就說。

「我們銀行有損失嗎、損失大嗎？」C副行長忙問。

「我們銀行，倒是沒啥損失。」A經理道，「可，B助理，她老是色誘我。」

「B助理？她色誘你？」

「是的，她常用話撩我。比如，說『你猜猜我的心在哪邊』，我說『在左邊』，她就說『在你那邊』。她還說『我可以跟你要樣東西嗎』，我問她『要什麼』，她就說『我要你』……」

「就這些？」

「還有很多，她經常說，幾乎每天都要說。」

「你剛說的這些，叫『土味情話』，也就是種玩笑、幽默。」C副行長道，「還色誘呢，你又不是啥大領導，掌握著重要情報，克格勃、中情局或台灣情治部門，會盯上你。」

「就算是土味情話，我開車時，她也會動手動腳、摸我。」

「會不會、是玩笑的一種延伸呢？」

「我們一起出差在外地，各人開一間房，晚上，她會給我發她洗澡的照片。」

「照片呢？我看看。」

「當時，我就氣得把照片都刪了。」

「刪了？那你就沒證據了。」C副行長道，「你們倆，是我行工作能力最強的中層幹部，所以才把開發部交給你們，一個當經理，一個當助理，你們要精誠合作、把工作搞好……」

這時，C副行長的女秘書敲門、進來，道：「C副行長，有個香港的富婆、來電話找你。」

「知道了，我會打過去的。」C副行長轉身對A經理道：「今天，

就先談到這裡。有空，我會找B助理談的。」

……

「C副行長，A經理到處散布謠言，說我色誘他。」B助理哭訴道。

「別哭了、別哭了。我知道了，我已批評過他。」C副行長說著，把紙巾遞過去。

B助理接過紙巾，擦拭著眼淚。

C副行長起身，走到辦公室的窗口，朝樓下的街邊看了看，對B助理招招手，道：「你過來，我請你看出好戲。」

B助理走到窗前，C副行長指著樓下街邊的一個青年女子，道：「你注意她。」

「她怎麼？」B助理問。

這時，恰好一輛轎車開了過來，停在街邊；下來的一位男子，徑直朝銀行走了過來。

C副行長道：「你看清楚了吧？那女子、和這男子，是不認識的。」

「嗯，他們打了個照面，卻沒有打招呼，應該是不認識。」

「你給我盯著那女子，尤其等那男子從銀行出來……就叫我。」說著，C副行長回到辦公桌前、整理文件。

「那男子出來了。」

那女子，向男子走過去、搭訕著。過了會，男子打開車門、上車，而後在車內、伸手打開副駕駛座旁的車門，女子也上了車……

C副行長對B助理道：「你可以想像下整個劇情。」

B助理想了下，道：「女子是賣淫的？」

「賣淫的？更可能是仙人跳。」C副行長道，「還原一下。那女子誰也不認識，該是物色獵物。那她要物色啥樣的呢？當是從銀行取了錢、出去的，且是有可能上鉤的男性。是這樣吧？」

「應該是。」

這時，C副行長的女秘書敲門、進來，道：「C副行長，那香港富婆說、她要來。」

「歡迎呀！」C副行長道。

「她有點生氣，說邀您去香港、您總是推托。」

「我哪走得開？」C副行長笑道，「等她來，我會讓她滿意的。」

女秘書出去了，C副行長道：「接著說。那男子，一是滿足了取錢的條件，二是他有車、取的錢應該不會很少；另一方面，一是他接受了搭訕，二是請女子上了他的車。剩下的，就是車開到哪裡了。」

「那會開到哪？」

「一般，會開到女子的出租屋之類的地方。也就是說，女子搭訕的內容，有請男子捎一程、或送她回去。而一旦到了那裡，女子又會說、請男子上去坐坐。男子既接受了搭訕，又送她回去，再去了她的住處，有非分之想、也就順理成章了。而這時，女子會讓他先洗一洗。只要男子一脫衣裳去洗，出來時、準沒了女子的人影；那男子的錢，也會連一分都不剩下。」

「哇，佩服！您都快成福爾摩斯了。」

「那男子，錢丟了、還事小；大的，連車都有可能會被開走。」

「對。」

「但，車被開走的可能性又不大；因價值高了、事鬧大了，那女子就不能把這當生意做了。」

「有道理。」

「這，才叫色誘。」C副行長對B助理道：「你跟A經理好好談談，就說是我說的，在工作中送個禮、喝個酒⋯⋯拿出點小手段等等，都是為了更好地開展業務。」

⋯⋯

「C副行長，我花了大價錢、找人，終於把被我刪除的照片、全都恢復了。您看看，這算不算B助理色誘我？」

「好，我看看。」C副行長接過A經理的手機，邊看、邊欣賞，而後道：「很美的嘛！沒有想到，B助理、還是很上鏡的嘛！」

「我有意見，您總偏袒她？」

「怎會是偏袒呢？A經理呀，你也不動一動腦子。」C副行長道，「第一，這是洗泡泡浴。你說，能看見啥？看不到私處，怎就可以

說是色誘呢？第二，這構圖，不已說明不是自拍的，而是別人拍的；就算你倆出差在外地，晚上、她發給你了，也不是現拍的；而不是現拍的，又能說明啥？如B助理說，是她早先拍的藝術寫真、發給你欣賞，那不反倒是你想歪了？」

「……」

「我要好好開導開導你。我們入職、做一份工作，不只是兩只手和大腦入職了，而是要全身心地入職；因此，為了做好工作、發展業務，那就得全身心地投入……你說，是不是這麼個道理？」

……

「A經理把我的裸照發到網上去了……」B助理、一進C副行長的辦公室，就哭訴道。

「你的啥裸照？」C副行長問。

「你看，就是這幾張。」B助理把手機遞給C副行長看。

「這幾張？A經理給我看過。很美的嘛！應該算藝術照。」C副行長道，「我跟A經理談過了。我也得批評你，眼界、要放寬，不要總盯著A經理，要有大格局……」

「……」

「這樣，我周六要去度假村。原本打算與太太一起去的，可太太單位也有活動，去不了；要不，你跟我一起去？」

「……」

「高爾夫球，你打得怎麼樣？你們年輕人，應該多見見世面，多參加些富人的、小眾的趴體；這樣，才便於更好地開展業務……」

「好，我去。謝謝C副行長！」

……

「C副行長，我是一個擁有美好的家庭的……」A經理道。

「擁有美好的家庭，好呀！我們就願培養能夠處理好家庭關係的幹部。能處理好家庭關係，也是一種能力；而有這樣的能力，工作的能力也就不會差到哪裡。」

「……」

　　A經理沒吭聲，C副行長開啓了講演模式：「我一直都說，我們的工作，在很大程度上、就是與人溝通。而溝通，就必須交流、交談；也因此，談話、於我們就是一門藝術。」

　　「生活，是一門藝術；工作，也是一門藝術……那麼，開發業務、能不算是一門藝術嗎？」

　　「你是很有發展前途的。不要老是盯著B助理。對於B助理，我們會處理的；但，也未必就是你想像中的處理方式。」

　　「對了，你是不是特別愛好健身？健身，很好的嘛！這，也是一種本錢，我就沒有。回去好好工作，有機會，我會給你的……」
　　……

　　「A經理的事，以後不要再提了。」C副行長對B助理道，「我行領導層、已研究過了，很快就要成立開發二部，並會調你去負責、任開發二部的代理經理，享受副科級的待遇。」

　　「為什麼不能把『代理』去掉，直接任命我當經理、享受正科級的待遇？」B助理道。

　　「不可以這樣，不能向組織伸手。」C副行長批評了B助理後，又語重心長地道，「再說，我們也得考慮A經理的感受。你們在一起時，不能形成合力；那我們就把你們分開來，形成一種競爭力……這，就是藝術，領導藝術。」

　　「那我就謝謝C副行長！」

　　「謝，就不必了。」C副行長道，「好好幹。面包，會有的；牛奶，也會有的……啥、都會有的，過去沒有的、也都全會有的。信不信？」

　　C副行長，正與B助理談話，C副行長的女秘書敲了敲門，而後、進來報告道：「C副行長，香港富婆到了，指名要您過去。」

　　「好的。」C副行長道，「不過，你怎還在背後叫『富婆』呢？好像人家又肥又胖、還一大把年紀……以後，人前人後、都必須叫『女大老板』。記住了嗎？」

　　「記住了。」女秘書退了出去。

C副行長對B助理道：「你看，我也是要親自伺候關鍵客戶的。今天就這樣吧。」

「好，我回。」說著，B助理站起身。

C副行長道：「慢著。你回去，跟A經理說下，就說是我讓你跟他說的，我去陪香港女大老板，他若是願意一起去，就給我手機來個電話；若不願去，就不用來電話了。」

「好，我這就去說。」說著，B助理便退了出去。

C副行長也站起身，儀表堂堂的他、做著去陪香港女大老板的各種準備。

2021-1-21 南京

31 英雄夢

——小說·三百八十（十卷：英雄救美）

大年初七中午，老顧吃完了午飯，一甩手便出了家門，去溜達、消食。

大街上，很是冷清，行人也著實稀少；沿街的各店鋪，更是很少有幾家的門是敞開的。

沿著大街溜達了一會，他才意識到：沒開門的店家，玻璃櫥窗裡都掛著節前的「歲末甩賣」之類的牌牌；也有的在玻璃上貼著「招租」及電話號碼，而店裡則是一片狼藉。

大街上太沒勁了，老顧就近拐進小巷，向菜市場方向走去。

菜市場，倒是比大街上熱鬧得多，行人也多得多；沿著小街，老顧東張西望地溜達著，瞅著各種熟食及牌價。

「哇」，老顧突地叫出了聲；原來，不少蔬菜已經賣到了四五十元一斤。

老顧在心裡想，蘆蒿就長在長江邊上，很多，到處都是，只需要花些功夫、根本就不沒啥本錢，怎也能賣到四五十元一斤呢？即使不是野生的，那種植的、不更該便宜些？怎能夠這樣呢？這不是硬生生地搶錢嗎？

自然，東西貴是與過年有關。可，漲上去容易、跌下來卻難。怕就怕年是過了、價格卻掉不下來了。

正尋思著。突然，不遠處人聲鼎沸，有人在叫「快報警，打110。」

偵察兵出身的老顧，陡然精神起來，撥開圍觀的眾人、鑽了進去，只見一歹徒、正挾持著一位十六七歲的少女……

那歹徒，一只胳膊夾住少女，另一只手握著匕首、架在少女的脖子上；不知是少女掙扎的緣故，還是歹徒手重，少女的脖子上、已有鮮血滲了出來。

歹徒叫喊著：「給錢、給錢！想不要她死，就大家掏錢，快！」

有人掏出錢，扔了過去；老顧，也掏出口袋裡的幾百元、一起扔了過去。

「太少、太少了！再掏、繼續掏。」歹徒衝著人群亂吼。

這時，老顧已看清楚了：那血，是歹徒的匕首、抹破了少女脖子上的表皮。

想都沒有多想，老顧便道：「兄弟，老漢我替換下這少女如何？你也不想想，一個少女能值多少錢？而我，是名家，有好幾百萬的粉絲。你，有支付寶或微信嗎？」

歹徒點了點頭。

老顧道：「你若讓我替換下少女，我立馬在微信上開直播。讓我的每一個粉絲捐十塊，你不馬上就能得到幾千萬嗎？而如果每一個粉絲肯捐一百，你馬上就成了億萬富翁。」

歹徒有點兒心動了。

老顧又趕緊道：「我把我的雙手捆上，再過來換。好吧？」

歹徒點了點頭。

老顧便解下褲腰帶，讓身邊的人、把自己的雙手捆了起來；捆

好後，老顧便過去換下了少女。

少女，千恩萬謝。老顧對少女道：「你脖子上在流血了，快去社區醫院處理下。」

有圍觀的群眾陪少女去了，老顧這才對歹徒道：「你在我口袋裡掏手機，我馬上就幫你開直播。」

歹徒真的伸手去掏手機，老顧便悄悄地、自己解開了那腕上系著的褲腰帶；說時遲、那時快，老顧一把奪過了那匕首，用歹徒挾持少女的方式、制服了他。

「哇，英雄救美耶！」頓時，圍觀的、看熱鬧的人們七嘴八舌地大叫了起來：「英雄耶！好漢！大俠！」

恰時，110也趕到了；老顧，便把歹徒交給了警察。

正欲離去，忽覺有一股氣浪飛來；老顧躲閃不及，被一粒從高精狙步槍的槍膛裡飛來的子彈、擊中了腦門。

還老偵察兵呢？怎麼就沒想到持刀搶劫的歹徒也會有幫手、沒想到某高樓上會有人在掩護他……

老顧，一邊緩緩地倒下，一邊在已被鑽出了個血窟窿的腦子裡、責怪著自己。其實，他已經做得很好了，他像歹徒挾持少女樣制服歹徒、就已經是在防範潛在的狙擊手。

警察，分出人手去對付那高樓上的歹徒；人群，也被老顧的鮮血嚇散去了很多……沒有人顧及到老顧。

老顧獨自躺在馬路上，自己伸出手、哆哆嗦嗦地在兜裡掏出紙巾，堵在那腦袋的槍眼上。

那槍眼，是被堵上了。可，顱內的壓力、陡然增大；老顧的腦袋，突然炸裂開來、裂成了兩瓣。

糟糕！都能看見自己的、那豆腐花一般的、白花花的腦漿了。那腦漿，還不停地晃動著；在晃動中，將那O型鮮血的血絲，一點一點地漾開去……

英雄救美，就要這麼結束了。

一生的英雄夢，也要就這麼畫上句號了。

153

老顧痛苦萬分，嚎啕大哭，哭得兩個肩膀頭也不停地抽搐起來。

怎麼？已經死了，腦袋都被子彈鑽了個血窟窿，且又炸裂成了兩瓣，都能看見白花花的腦漿了……又怎麼還能夠哭泣呢？

老顧，環顧了下四周，才意識到：原來，今日並沒有出去溜達、消食，而是坐在電腦前、想寫篇文章，卻不知不覺睡著了；剛剛，不過是做了個夢、一個英雄夢。

終於，老顧清醒了過來；恰時，電腦屏幕右下角的小企鵝、動了起來；打開來一看，對方是某網站的管理員，打招呼道：「有網友要求，把你的〈我想為鄭爽說句話〉一文隱蔽起來。」

「為什麼呀？」老顧問。

對方道：「難道，你不知道鄭爽代孕的事、不知道事發後她的態度還很強勢？」

「可我不是替代孕與強勢說話，而是替眼下弱勢的她說話呀。」

2021-2-18 南京

32 謀殺

——小說・三百九十八（十卷：訣別）

我若是遠眺的雪山，你就是山下那開得最爛漫的桃花；我若是無垠的大漠，你就是夜空中那閃爍的星光；我若是盛夏的草原，你就是靜靜流過的那一灣清泉……

我的親、我的愛，我爸要謀殺你，我不得不與你分手。

我們早就相識，上幼兒園時，你慫恿我、欺負那醜丫頭，因為我、喜歡你；

上小學時，白天、你看我在球場上撒野，夜晚、我陪你畫仕女圖，再把她們攬進夢、的最深處；

上中學時，你我都迷上了古漢服，我讓我媽做了兩套，一套男裝、一套女裝；白天我穿男裝，深夜替你換上女裝；

在國外留學時，人前，我是你玩酷、酗酒、飆車……的壞小子；人後，你是我愛做善做美食的小嬌娘……

我是莽漢子，你是俏麗人；我倆，是對完美的結合。

自有記憶起，我們就心有靈犀；相濡以沫，已二十多年。然，今天、我不得不與你分手。

別怪我，我的親、我的愛。你是知道的，我爸逼我明天相親，他早想謀殺你；你也知道，我已推掉過很多次。

明天，實在是沒法推。你知道，我們是家族企業；這次，是聯姻、是合並，是兩個家族的共生存。

再推的話，我爸肯定要帶我去看醫生；那樣，你就死定了。

其實，我爸很早就有所發覺、很早就想謀殺你。

我的親、我的愛，為了能把你永久、深藏在我的心底，我只有去相親、結婚……

別了，我的親、我的愛。

別了，我兒時呵護過的女童、年少時描摹過的仕女、青年時夢中的美嬌娘……我的初戀、我的暗戀，我無法示人的第二人格。

2021-5-23 南京

33 商戰間諜

——小說・三百七十五（十卷：臥底）

商戰，如實戰。雖不是真槍實彈，卻也是刀光劍影；因此，坊間常有間諜的說法流傳。

C，沒工夫理睬這些。他，一直很忙，也一生都在忙……此刻，

才偶得空閒。

女秘書送來一杯咖啡後，退了出去。

端著咖啡，C從辦公室全透明的玻璃牆望出去：C大廈下，是整整一大片的、B公司的C產業園，沐浴在城市、早晨的陽光裡。

太不容易了。十多年前，這裡還是一片未被開發的、高低不平、收成也不穩定的農田。

是C，帶著C計劃、來到這裡，把貧困的鄉村、變成了C產業園；而C產品，如今、已是手機上必不可少的。

再往前推十多年，則是C、出國留學，讀碩、讀博，在矽谷打拼；打拼中，他發現、醞釀……一點點地，勾畫出了C計劃。

人生，真是——除了艱辛，就是艱難。任情緒奔騰、思緒流淌，C難得清閒。

一晃，C已是年近半百；發際線，也早跑到了頭頂上。

總算好了。現在，一切都穩定了。

C的心情，非常好。

十多年前，C懷揣著科技創業的宏大夢想、告別了哺育他成長的矽谷，來到這座城市、考進了當時最牛掰的A企業，想依托企業實現自己的夢想。

上班的第一天，C就找到了A企業的D副總，向他彙報了自己的C計劃。D副總，讓C留下C計劃，說是研究研究。

然，此後的一個多月裡、沒有任何說法。正當C想拿回C計劃、自己創業時，D副總、成立了C計劃論證小組、並自任組長。自然，C也在論證小組中。

可，論證小組、此後並沒有開展啥實際工作。又過了好幾個月，D副總才找C談話，說C計劃是項費錢費力、應用前景也並不是十分看好的設想，所以A企業不予采納。

C心想，正好可拿回、自己創業。然，D副總卻對C道：「你來這有半年多了吧，對A企業也有些感情了吧？」

總不能說沒有一點感情吧，C就點點頭。

D副總道：「A企業打算交給你一項艱巨的任務，能完成嗎？」

年輕人、最怕不被重用，C趕緊問：「是啥任務？」

如是，D副總，囑咐C、帶著C計劃、去投B公司，耗費B公司的財力、時間等。

C心想，那就再試一試，如果在B公司也碰壁、再自己創業也不遲，便欣然答應了D副總。

C，沒有說破自己內心的真實想法、而答應D副總去B公司臥底，自然、也是想為自己多留一條後路。

而D副總，臨別時則一再囑咐C：「單線聯繫，長期潛伏。到了B公司，就不要再提、在A企業幹過的經歷，不要對任何人說。」

產業園的景色，太美了。站在大廈頂層的辦公室裡，C想，真得感謝D副總呀！沒有他，又哪來今天的產業園呢。

C帶著C計劃、投奔到B公司時，B公司雖沒有A企業牛掰，但、也算得上是這座城市裡、業內的老二。

C，在D副總的指點下、避開了人力資源部門，直接找到了B公司的董事長，他向董事長和盤說出了C計劃。不料，董事長也是行家。待C說完，董事長翻了翻計劃書、提了幾個尖銳的問題，待C一一答復後；董事長當場拍板，成立了B公司C計劃產業開發部，並任命C為部門總經理，還從各部門、給C調來了得力的助手。

如是，論證、規劃、跑上面、跑省市、征地……一樣樣，全都悄悄展開、悄悄進行了起來。

而C計劃的技術，又是國際領先、國內稀缺，省裡、市裡根本就沒有的高科技產業；所以，一路全都綠燈、綠燈、綠燈。

而C，雖說是部門總經理，但、董事長建議他、只管技術，其他的全由兼著B公司副總的、空降到C計劃產業開發部的、副經理們去抓、去完成。所以，C計劃一如改革開放初期的深圳速度一樣、推進著。

C計劃，說變就變成了C產業。C也爭氣，在技術上沒有出現過啥大問題；而一些小問題，解決起來也很順溜。當然，這是他蟄伏

於矽谷多年的結果。

C產業一投產，立馬就成了省裡、市裡的納稅大戶；很快，那牛掰的A企業，就從老大的位置上、掉到了老二。

站在C大廈頂層的辦公室裡，望著燦爛陽光中的整個C產業園，C心潮澎拜。怎麼能不心潮澎拜呢？從C發現、到C計劃、再到C產業，C就像一位懷胎十月的母親……

如果不是依托B公司的實力，而是自己創業、去想方設法拿風險投資、等等，至少，是C計劃不可能這麼快就變成C產業。C在想。

而想到C計劃不被人們看好，尤其是在A企業中被排擠，C的鼻頭、忍不住有點兒酸酸的。

因C產業、B公司成了上市公司，且是高科技股。這時，啥商業間諜之類的流傳、就多起來；這讓單純的C，很委屈、喘不過氣來。

其實，早在B公司成為納稅大戶，在省、市貢獻超過A企業時，各種小道、八卦，就已經甚囂塵上。

甚至、C剛投奔B公司時，就有風言風語。不過，C既遵從董事長的建議、埋頭苦幹，不理睬風言風語；也遵從D副總的囑咐，單線聯繫、長期潛伏。

其實，C到B公司後，就沒與D副總聯繫過，連見都沒見過。在B公司幹得好好的，幹嘛要自找麻煩？何況，D副總從未主動聯繫過C，C又何必去找不痛快。

C產業園的景色，實在是太美了。

陽光，照耀著大片的高科技園區；流水線上，趟出來的、都是真金白銀……

正漫無邊際地回想著，女秘書敲門、進來，道：「董事長秘書來電話，說董事長請您、在方便的時候，去他那裡一趟。」

「好，我馬上就去。」C道。

說著，C離開了辦公室，搭電梯下樓。

來到董事長辦公室的門口，正巧與董事長迎面相遇，C問：「董事長，您找我？」

「來來來。」董事長將C讓進辦公室，又道：「坐坐坐。」

C坐下後，秘書已送來了杯咖啡，董事長道：「知道你愛喝咖啡，特地叫人準備的。來，嚐嚐，看合不合你口味。」

C嚐了口，道：「挺好。」

「合你口味，就好。」董事長道。

C道：「董事長，找我是有啥事吧？您不妨直說。」

「好的，好的。」董事長道，「你從矽谷回來後，是不是在A企業幹過一陣？」

「是的。」C道。

董事長道：「那檔案裡、怎麼沒有呢？」

C想，該來的、終究要來了，想躲、是躲不過去的，便道：「那我給您從頭說起。」

如是，C述說，怎樣在矽谷、意識到C問題，又怎樣醞釀成C計劃，再怎樣懷揣著創業夢想回國……又怎麼想在A企業借雞下蛋，和被A企業排擠、懷才不遇，及D副總下達的任務等。

C，邊敘述、邊忏悔；他檢討，該在一到B公司時、就說清。即使一開始沒說清，後來也有很多機會可以說清；然，自己卻一直抱著僥倖心理……

C，為自己對B公司的不忠、留下了懺悔的淚水。而後，又發誓：自離開A企業後，從未與A企業或D副總聯繫過，哪怕是一次、也沒有過；而A企業的人，也沒有聯繫他。

聽完C的話，董事長道：「我知道了，這事就到這裡。以後，無論誰再提到這茬，你都不要理睬；即使有人指著你的鼻子說，你也不可以回答。這事，你爛在心裡；只需要對我負責，就可以了。」

「為啥？」C不解。

「不要問，幹好你那攤子。」董事長道。

既然頭頭都這麼說了，C再無顧慮。只一門心思地幹，把B公司與A企業的距離拉大、再拉大……才對得起董事長、對自己的信任，也才對得起自己的良心。

C幹呀、幹呀。不知不覺，一幹，就又是十多年，也一直幹到了退休。

退休後，在C的心裡、也不能完全放下C產業園。這倒不完全是因產業中有他的股份，而是C產業，從發現、到計劃、再到產業……從孕育、孵化，再到出生、成長……這，是他一輩子的心血。

自然，隨著退休後的日子的不斷增長，C對C產業的情感、關注等，也在慢慢的淡化中……

又過了好些年，董事長老了、病重了，C去看望董事長，可、沒想到、D副總也在。C覺得有些尷尬，董事長卻忍著病痛，把D副總介紹給C，道：「這才是我們、真正的臥底英雄。」

這時，C才恍然大悟，原來、將C和C計劃，從A企業中排擠出來，是項商業預謀。

2021-1-15 南京

34 神童班與女老師

──小說‧三百三十七（九卷：時代病）

神童班的老師，原本是一位女老師。因女老師得了憂鬱症，學校招聘到了一位年輕、又帥氣的男老師。

男老師剛走進神童班的教室，同學們就把女老師布置的作文、都交了上來。

男老師作了自我介紹之後，便道：「那今天就從講評作文開始。」

男老師拿起一篇作文，道：「標題：〈配方〉。」

看了講台下面的同學們，男老師開始朗讀：「上課時，我的同桌放了幾個屁……」男老師皺了皺眉頭後，再繼續念：「……我實在受不了了，捏著鼻子問：『你到底吃了些啥？怎麼這樣臭啊！』/她鄙視

160

地看了我一眼，生氣地道：『做人要厚道。聞就聞了，還想要配方？』」

「噗嗤！」男老師笑出了聲。

「不錯，有特色。」許是不便展開，男老師又拿起一篇作文，道：「標題：〈漢字〉。」

又看了看同學們，他抑揚頓挫地朗讀：「男人是山，女人扳倒山，就成了『妇』人。/男人是天，女人捅破天，就成了『夫人』。」

「也不錯。」男老師不想展開，便再拿起一篇作文，道：「標題：〈低調〉。」

又習慣性地、看了看同學們，而後朗讀：「做人要低調。我住著40多億年的地球，曬著50多億年的太陽；每天坐著價值幾千萬的地鐵，每個月都跟馬雲有經濟來往……你見我炫耀過嗎？/就連我用的電腦也是世界首富比爾·蓋茨親自為我量身打造的……我膨脹了嗎？我驕傲了嗎？沒有。/對了，我晚上還看著130億年的宇宙。」

男老師覺著，這篇、有點空洞。但，不知為啥、他卻不想說破。又拿起了一篇作文，男老師道：「標題：〈眼睛〉。」

還是先看了看同學們，而後，他打起精神來、繼續朗讀：「我的眼睛很大很大/裝得下高山/裝得下大海/裝得下藍天/裝得下整個世界/我的眼睛又很小很小/有時遇到心事/就連兩行淚/也裝不下」。

「哇，精彩！」男老師的眼眶，有點濕潤了；顯然，這作文，不，這首詩、已打動了他。

稍事平息，男老師又拿起了一篇作文，道：「標題：〈扎心了〉。」

依舊是先看了看同學們，而後朗讀道：「現在男人有了錢/就想外面潘金蓮/女人在家不高興/也想外面西門慶/所以離婚鬧得凶/只怪當今沒武松。」

「打油詩，不積極、不正面，但、也算是切中了時弊。」可能是不便多說，男老師再拿起一篇作文，道：「標題：〈天命不可違〉。」

男老師帶著疑惑，又開始了朗讀：「多年前，一位大師給我卜了一卦。按卦像上說，我三十歲會變成有錢人。我不信。/於是，我就逆天而行，每天吃喝玩樂，一點錢也不存；而彩票什麼的，我更是

碰都不碰……我就想驗證一下，怎樣才會在三十歲時變成一個有錢人。/一直到我三十歲那年的一天早晨，門前醒目地寫著一個『拆』字，我才深刻地體會到天命不可違的真實含義……」

「不好。」男老師道：「這是宣揚什麼？守株待兔，在家等著財富找上門來？」

想了想，男老師又道：「也許我說重了。但，我真的不喜歡。」

男老師順手又拿起一篇作文，道：「標題：〈騙子〉。」

還是看了看同學們，而後他朗讀道：「我接到騙子的電話：今天是你的生日，只需要你給我轉100元手續費，就送你一部華為手機。/我知道她是騙子，但我還是給她轉了100元；因為，她是今天唯一記得我生日的人。/過了幾天，我真的收到一部華為手機。騙子說：長這麼大，你是唯一一個相信過我的人。」

「嗯，不錯，很好，像小說。」可，男老師的熱情、已經不似他剛進教室那會了。

「最後一篇。」男老師道：「標題：〈巧了〉。」

這回，男老師沒有看講台下的同學們，便開始了朗讀：「因為調皮，又被老師叫家長了。實在沒法了，我就在街邊花錢雇了一個下棋的老頭冒充家長。領著他到了學校，老師問我：『你確定這是你家長嗎？』我非常肯定地回答：『是！』/老師趕忙把老頭叫到一旁，緊張地問：『爸，你在外面有這麼小的孩子，我媽知道嗎？』/當時我就冒汗了，撞爹了呀！」

「沒法說這篇不好，甚至是最好，很有戲劇效果。」停了一停，男老師道：「但，孩子們，我真的教不了你們。」

繞過講台，男老師給全班同學、深深地鞠了一躬；而後，徑直離開了教室。

男老師已決定：立馬辭職。且，他也已經明白了——原先的那位女老師，為何、會得憂鬱症。

2020-10-31 南京

35 終生之痛

—— 小說・三百九十七（十卷：認錯）

斑斕的陽光，又照進了重症監護室。

和昨天、前天……一樣，病房裡只有我，和呼吸機、心電圖……沒別人，也沒有鮮花、或水果。

點滴、還在繼續，而我生命的燭光、已在搖曳。

突然間，我的意識、異常清醒。我知道，這就叫回光返照。

既然已是迴光返照，我要在人生的終點，講述我生命之中、最最重要的事。

七十多年前。那時，我正在上小學二年級。

就要期末語文考試了，我最要好的朋友找到我，要我在考試時，抄一份答案、扔給他……

是最要好的朋友，沒辦法不答應。

我按約定做了。

考後，他問：「為啥少一個答案？是不是最後一題不會？」

我說：「第一題，我不會。」

從此，他就不再理我。隨我怎說，他就是不理我。我從家帶奶糖給他吃，他也不理我；我早餐不吃、省給他吃，他還是不理我……

再後來，竟然是全班的同學、全都不理我了。

我哪裡會知道呢？我答應了他，他答應了他的朋友；他的朋友，又答應了朋友……

我哪裡會知道呢？他們抄時，竟然連題目都不看、不對應著呢？

我哪裡會知道，我的一個小抄，會傳遍全班的男生女生；又哪裡會知道，全班、竟然會錯得一模一樣呢？

我哪能知道，後來、他們竟然把我的小抄交給了老師。

我哪能知道，這主意、竟然還是我朋友出的。

我哪能知道，老師會報告校長。

我又怎會知道，校長必須向上彙報⋯⋯

我又怎會知道，這事兒、竟然還會記入我的檔案。

我又怎會知道，這事兒、竟會跟著我走過童年、少年、青年⋯⋯跟著我一直到老年、一直到我退休。

退了休，我來到網上。網上真好，人真多呀！可，我已不習慣再有朋友⋯⋯

早知道會是這樣，我死活都會在小抄上註明23456789⋯⋯這又累不著我；答案都抄了一遍，還在乎再標記下23456789⋯⋯嗎？

⋯⋯

在這生命盡頭，我依然懊悔，很懊悔、非常懊悔。

我兒時最要好的朋友、同學們、老師、校長，及所有能左右我命運的人，你們能聽到嗎、能諒解我嗎？

我認錯了，真心的。

窗外，陽光斑斕；窗裡，燭光、搖曳⋯⋯

2021-5-22 南京

36 暴富

──小說‧三百七十二（十卷：返貧）

「東南西北中白發，萬子筒子條子花。吃了對了推倒和，小賭怡情大賭抓。一入賭門錢光光，輸了無臉見妻娃⋯⋯」

「勸君莫把賭博沾，賭博是個害人灘，害你下灘翻了船⋯⋯」

「十賭九輸，久賭必輸。」

「以前房產五六處，現在遠郊租房住。恩愛生活已作古，爭吵全為賭賭賭。」

「辛辛苦苦二十年，一賭回到解放前。」

……

虎妞，是最反對賭博的。為甚？虎妞嫁過來、嫁到虎子家來時，連一分錢的彩禮錢、都沒有，也沒敢要，更要不到。這又為甚呢？因，虎妞是虎妞她爹、輸給虎子他爹的。

虎子他爹，從虎妞她爹的手裡、把虎妞贏了下來後，就把虎妞給他兒子、虎子當媳婦。而虎妞，也就成了虎子的媳婦，成了虎子的、一分錢的彩禮錢、都不用給、也要不到，更是不好要的媳婦。

虎妞過門，沒有擇日子，就是虎妞她爹、把她輸掉的那天傍晚。虎妞她爹，把虎妞的衣裳找了出來，讓虎妞自個兒打扮打扮……而後，她爹就在前面走、她在後面跟著……就這麼，她爹把她領到了虎子家，就算是出嫁了。

而虎子家，也只擺了一桌酒，讓虎妞她爹吃。吃過之後，虎妞她爹就關照虎妞、要好好過。關照完後，虎妞她爹、就自個兒走了。

而後，虎妞就收拾虎子家的桌子；收拾完之後，虎子說上炕、虎妞就上了炕……就這樣，虎妞就成了虎子的媳婦了。

……

「世上最靚麗的花，是杠上花；世上最美麗的湖，是碰碰湖……世上最絢麗的顏色，是青一色！」

「有錢難買上家碰。寧吃兩端，不吃加張。牌從門前過，不如摸一個……」

「搭子少、丟邊張，搭子多、丟中張……」

「打牌風格好，經常有人找；打牌風格醜，你來別人走。打牌打得精，說明思路清；打牌打的細，說明懂經濟……打牌有怪招，說明素質高……」

……

虎妞反對賭博，但、不等於她不會、不精通麻將、牌九；生長在她這樣的環境中，想不會、不精通也都是難上加難。

虎妞的娘、也是牌桌上贏來的，是虎妞的爺爺、和了把大牌，

就把虎妞的娘贏了過來；贏過來後，就給了虎妞的爹、做了媳婦。

那年月，實在是窮。虎妞的外公，沒有陪嫁；虎妞的娘，就穿了那身破衣爛衫、加一根紅頭繩，就出了門。

而虎妞爺爺這邊，也沒有擺酒席，只請虎妞的外公、吃了碗蛋炒飯；吃完了蛋炒飯、又喝了口水，虎妞的外公、就關照虎妞娘要好好過，而後、就心滿意足地走了。

虎妞的娘，也想好好過。誰會不想好好過呢？可，虎妞的爹、耍錢；不僅虎妞的爹耍錢，虎妞娘的公婆、也耍錢。虎妞的婆婆、也是虎妞的公公打牌、贏錢贏來的——對方輸多了、還不起，就只好把女兒給公公做了媳婦。

聽說，虎妞婆婆的娘、也是牌桌上贏來的。在虎妞這疙瘩、這疙瘩的十里八鄉，輸掉個閨女、不算啥醜事，而贏到媳婦、則是英雄。細細打聽，又有幾家的媳婦、不是贏來的？不是贏來的，就得正兒八經地迎娶；而正兒八經迎娶的開銷，誰又能擔得起呢？

說實在，細算算，虎妞的娘、也是贏來的，虎妞的姥姥、還是贏來的，虎妞的娘的姥姥、虎妞的姥姥的姥姥、也都是麻將桌上贏來的……再往上推算，還都是贏來的。

而虎妞的夫家，婆婆是贏來的；婆婆的婆婆，也是贏來的……再往上算，也都是贏來的；所以，這裡的人、管能贏到媳婦，叫英雄輩出、代代出英賢。

所不同的，是虎妞的娘、牌打得大。贏了錢，就一家子關起門來、大吃大喝；而輸了錢，虎妞的爹、虎妞的爺爺……卻沒法子替她還。虎妞娘，是女中豪傑，就自己欠下的、自己還。

感謝時代、感謝科技進步！虎妞的娘，終於可以賣腎了。賣了一只，還了債；剩下的，再耍錢……輸了，欠的多了，再賣……都賣掉之後，沒過多久，虎妞的娘、就死掉了。

所以，虎妞打小起、就反對賭博。可，虎妞反對、沒有用。據說，賭博植根於中國的農耕文化，農閒了、大家就打打麻將、玩玩。

虎妞，堅決反對這種汙蔑國人的胡說八道。她覺得，這都是因

為中國農村、世世代代窮，大家又祖祖輩輩想致富、卻沒法子，才賭博；以為賭博能發財、致富，結果、卻是越賭越輸。

……

「二上、莊家帶末杠、天門留二方，三穿、莊家在三、天門先翻，四到底、莊家二把起、天門摳老底，五自首、天門留三手……」

「天，地，人，和，梅，三，板，牛頭，四六，幺五，幺六，乍七、乍八、乍九、乍小五……」

「包殺王，王殺紅，紅殺一切點數……」

「出門贏：1234-2341-3412-4123；未門贏：4321-3214-2143-1432。」

虎妞既會、也精通麻將、牌九，但、她就是不碰、不賭。不碰、也不賭，就誰也沒法了。

按說，這賭博、該有人管，怎就沒人管管呢？錯，有人管，誰說沒人管？好傢伙，管得還相當嚴。可，村長也賭呀！村長的媳婦，也是贏來的……

可惡的賭博，據說還有產業鏈。而虎子家裡、祖祖輩輩，就都是幹這行當的、開麻將檔的。

耍錢的人，也真是、都有毛病。村裡、也有別家開麻將檔的，可、就是門可羅雀；而虎子家開的，卻人滿為患。

地方不夠、房子不夠，就去找村上加批宅基地，而村上竟然還就是肯批……所以，虎子家的披子房多的是；如不按質量、只按面積算的話，不是吹牛、虎子家大的跟過去的地主家差不太多。

霹靂一聲震天響，改革開放奔小康。虎妞這疙瘩的人，都是最最真心實意擁護政府的；也人人都一一感謝政府，到處修路；快速發展，拆遷致富。

就要拆遷了，虎妞她們的這個村、整個村子全都要拆掉了。因此，虎妞她家，一下子、就能分到了十幾套房。十幾套房，還沒有虎子他爹的，因為、虎子爹已死了。

自然，虎妞的爹、也死了。這些老人們，沒福氣呀、真沒有福氣。辛辛苦苦一輩子，等到中國真富起來了，他們、就全都死了，

死得光光的，竟然連一個活的、都沒有留下來。

　　……

　　「房子不拆，生活難改；房子不動，還騎電動。」

　　「房子一移，蘭博基尼。房子一扒，帕拉梅拉。房子一動，攬勝運動。拆字一噴，立提大奔……」

　　「不羨鴛鴦不羨仙，只羨房子畫個圈，拆字寫在圈中間，從此快樂每一天……」

　　……

　　全新的小區，全新的高層樓，一棟又一棟、一排又一排……

　　一百多平米、三室兩廳，外加廚衛的大房子。

　　朝南的、賊寬的落地窗前，虎妞蹲在一張凳子上（這疙瘩的人，不分男女，都習慣了不坐、而是蹲在凳子上），望著窗外的陽光、藍天、白雲，望著窗外的好風景……

　　虎妞想，至少俺、是真真切切、實心實意地，感謝政府，拼命修路，高速發展，拆遷致富的。讓俺們也終於成了拆一代（而不是拆二代。拆二代，上面就會有人管著），還是沒有子女的拆一代（也沒有人會伸手要）。

　　既沒有管著的，又沒有伸手要的，真好啊！十幾套房，就算二百萬一套，那就是三千多萬了？如果攥在手裡，等到下一波房地產瘋漲的話，只要翻兩番、那不就是億萬富翁？

　　而如果真成了億萬富翁，那就不是啥拆一代、拆二代了，而是拆三代、拆四代、拆五代、拆六代、拆七代、拆八代……子子孫孫，沒有窮盡了。

　　虎妞在心裡，再次地，感謝政府、感謝領導……感謝所有、制定拆遷政策的人們，祝他們長命百歲、身體健康、闔家幸福、萬壽無疆……

　　「是你帶來了遠山的呼喚……」

　　突然，虎妞唱了句、也不知從哪學來的歌兒……

　　「咿呀」一聲，門卻響了，虎子從外面回來；虎子悶著個頭，

也不說話。

「回來了？」虎妞只好先招呼。

「嗯，回來了。」虎子道：「虎妞，跟你說個事。」

「說。」

「俺把俺們家的房子、都給輸掉了。」

「你不是、不賭的嗎？」

「非要俺打……」

「那也不能十幾套房都輸呀，你怎輸的？」

「就遇上個清一色、再加個杠上開花，而後、俺自己點了個炮，就沒了……」

「你就都輸掉了？」

「都輸了。」

「這一套也輸掉了？」

「輸掉了。」

「那俺們住哪？」

「再想辦法。」

虎妞一愣，半晌沒話、說不出話；而後，突然地、爆發式地、拼命地哭喊出了聲：「沒法過了呀，你怎麼、不把俺也給輸了呀？」

「是把你、也給輸了。」虎子頓了一頓，道：「俺實在是不服，又賭了一把，才把你、又給贏回來的。」

「既然、都已經開始贏了，那你為啥不繼續呢？」

「俺怕、又把你給輸了。」

「你這臭手氣、是不怎的。換俺去！」

「你去？本錢呢？」

「你贏回俺時，你押的是啥？」

「俺自己。」

「那俺也押你。」

「可，要是你輸了呢？」

「輸了？不反悔，悔、也沒有用呀。」虎妞道：「自古以來，不

169

都這樣嗎？」

「⋯⋯」

2021-1-4 南京

37 第一桶金

——小說‧三百三十一（九卷：行為藝術）

藝術家，是紅二代，打小、就被送到了美國、去深造。

在自由世界裡，藝術家如魚得水，常與後來成為著名導演的小夥伴一起、玩行為藝術——脫光了、在紐約的街頭拍照。

比如，讓人拍他倆的赤裸的身體、聚焦他倆的小雀雀⋯⋯這照片，就叫作「兩只小鳥自由地飛翔在紐約」。

再如，「八個奶奶和一只虎」等等之類。反正，有非常非常多的這樣的偉大的藝術作品。

因此，藝術家也就出名了，且名噪一時；連香港新發現了一顆小行星，也都要用藝術家的名字來命名。

而回國後，不知怎的、這些作品就流傳到了網上。

恰巧，被一位民間的、造詣很深，但從來沒有出過國、沒見過西洋世界的大世面、的老作家看到了。

老作家長了見識，一激動、就寫了篇評論。

也真是很湊巧，香港報紙、正好需再次吹捧吹捧藝術家，就引用了老作家的評論，還把老作家名字前面常冠的「中國知名作家」、改成了「中國著名作家」。

為啥呢？這就叫人抬人高，水抬船高呀。你想，「中國著名作家」評論藝術家的照片、自然與「中國知名作家」評論藝術家的照片，是不一樣的，也完全是兩個概念。

　　如此這般，藝術家的名氣、就越玩越大了。

　　名氣太大，藝術家就無法滿足過去的小打小鬧了。如是，他就很藝術地、構想了個鴻篇巨制——做它幾噸陶瓷的葵花籽，慢慢賣。

　　如是，藝術家就去瓷都租個窯廠，又雇了好多好多的人……捏呀、畫呀、燒呀……忙了好幾個月，陶瓷的葵花籽終於做了出來，放在網上賣；有時認顆、有時則認堆……看人。

　　別說，還就是好賣。為啥？名氣大呀！大藝術家了嘛。

　　名氣實在太大了，開個一般的新聞發布會、都已經不行了，得開新聞發布酒會。

　　如是，藝術家就想到了老作家；畢竟，人家寫過評論文章，說過好話、幫著吹過，算是幫過大忙的。

　　老作家收到邀請函後，就趕緊、拼命地往會場趕；可，偏偏就遇上了堵車。

　　待老作家趕到酒會，新聞發布已經開始了。藝術家，已沒有時機先跟老作家溝通一下了。

　　而這時，又恰是記者提問之後，藝術家回答、向與會者介紹——自己的第一桶金，是如何得來的；即，是如何構思、想到翻造圓明園十二生肖獸首銅像、又如何高價賣給美國人……

　　老作家聽後，遲疑了好一會；或許，是想忍、卻沒有忍住，就站起來、問道：「按說，你翻造出的、清乾隆年間的、圓明園十二生肖獸首銅像，那不就是仿造嗎？而這樣的東西，不就該叫贗品嗎？」

　　藝術家，愣住了。

　　老作家，或是想剎卻沒能剎得住，又接著道：「而贗品，美國人也要？還肯出這麼高的價錢，那美國佬、是傻，還是有病？」

　　頓了頓，老作家抱有歉意地、很不好意思地再接著道：「你這第一桶金，不會是自賣自買吧？」

　　會場上，頓時響起雷鳴般的掌聲。藝術家的臉，也一下就紅了。

2020-10-27 南京

38 商機

——小說‧三百八十八（十卷：殺豬盤與滾刀肉）

這年月，錢越來越難掙、是不爭的事實。

然，商機得靠自已捕捉。

師弟回味著師傅的教誨，高價買了份資料；研究了番後，找師哥商量：「哥，幫我看看，這老凱子，像不像頭豬？在股票軟件上，他自己填的是『激進型』；早年，他借過高利貸、炒股。更早，他還在證券公司的門口，跟那些擺地攤像棋殘局的人下過……」

師哥瞄了眼，道：「我勸你，別碰他。」

「怎？」

「我去年試過。虧些錢事小，搭上時間、精力也不算啥，可還把師傅也給卷了進來。」

「真的？我怎覺得他挺傻的呢。」

「不信？講給你聽聽。」

……

去年，也是這個時候，也是這份資料。我篩選了後，選中了他；我假裝自己是一美女，把他拉進我的幾個微信群。當然，群裡只有我和他，我分飾幾十個不同的角色；我打算，先發紅包，而後跟他玩感情。

起先，我用不同的號發紅包，再用不同的號搶回來大部分；而他，是只搶、不發，哪怕發個小的意思下、都沒有。

紅包數額雖不大，但，沒幾天我就虧掉了好幾百塊。

虧掉了好幾百塊，也沒啥；這，原本就是用作釣魚的魚餌。接著，我開始薦股，把師傅薦的股搬了過來。

他每天都看，且每只股都會復盤……看到當天漲停板、或後來漲勢很猛的，就懊悔、當初沒跟。

可，懊悔歸懊悔，我後面薦的股，他依舊是只看、復盤，並不

跟；過後，又懊悔。

根本就沒有機會和他玩感情。這樣，我就在群裡發幾個交友視頻，聯繫後台、幫我盯著。

尺度小的，他隨手就刪；尺度大的，也開賬戶。

……

「他很好色？」

「要是真好色，倒也好辦了。」

……

尺度大的，他也只是一個個看，從不吭聲。

沒辦法，我就買通了個女主播、讓她撩他，請他進私密空間、單獨聊。

結果，他啥都看了，卻不肯打賞。

害得人家女主播埋怨我，浪費了時間、精力，沒掙到錢；要我請她吃飯，或照顧她一單生意。

實在是沒啥招了。我就跟師傅說，想請師傅親自出馬，非讓這老小子破破財。

師傅自然要面子，就進了我的群；在群裡，先發了個賭博網站的鏈接，想引誘他玩飛魚……

……

「啥叫飛魚？是不是賭大賭小？」

「飛魚你都不懂？不懂就算了。你先聽我說。」

……

師傅假裝請了個從美國回來的、在華爾街混過的、懂得精算的楊博士，每晚、領著大家玩飛魚，有贏幾萬的，有贏幾十萬的，也有贏幾百萬的……可，他還是不動心。

沒辦法，師傅只好替他開了個賬戶，又在他的戶頭上存了8888，假裝是網站給每個新開戶的人、贈送的籌碼。

可，他還是只看、不下注。哪怕是下一注，也肯定會讓他贏；而只要讓他嘗到了點甜頭，那就非常有可能把他拉下水了。

他始終不下注，這就拿他沒辦法了。不下注，也就算了；他卻又像前面搶紅包那樣，暗自琢磨著、想法子，要把那8888、從網站的平台上轉出去、轉到他的個人銀行賬戶上。

幸好，這事我們事先就預想到了，設置了障礙；這樣，他轉來轉去、就是轉不出去。

……

「馬的，這人怎這樣、沒信譽，也太不守規則了。還是人嗎？連最起碼的人性都沒有。都像他，我們的生意還怎做？」

「可不是？還有呢。」

……

為此，師傅很惱火，就耐著性子、通過微信群，跟他私聊。

跟他吹，曾掌管過一只幾十億的私募基金。那年股災，證券委讓師傅參加救市、帶領大傢伙兒托盤……師傅因顧及大家，寧願自己損失了幾百萬，也悄悄掩護大家安全撤退；結果，被證券委發現了，才被禁5年、不準進入市場。

就是為這些，這幾年、一直才在境外搞教學，尤其是在東南亞一帶講課。

師傅還說，打算出本《炒股秘籍》的書。

這時，這老小子、就突然來了勁頭。你知道他說什麼？指怕你想都想不到。

他說，他曾經當過記者，可以幫師傅的書潤筆；還說，他認識很多專門做紙質書的出版商……

……

「他啥意思？」

「你沒想過來？他是想倒過來、掙師傅的錢。」

「馬的，這人腦子是不是有毛病？竟然想要掙我們騙子的錢？」

「這年月，豬都被養成了豬精。」師哥歎了聲，又道：「沒準，他正躲在暗處，等著把我們當豬宰呢。」

師弟憋了半晌，才冒出了句：「馬的。這老凱逼，難不成歷練成

了滾刀肉？」

2021-4-9~5-12 南京

39 疑似絕症

——小說·三百九十（十卷：活法）

同一病房的三位病友，都得了疑似絕症；然，他們的活法、性格等不同，對剩下的日子的打算、也不同。

一床的大孫，崇尚活得精彩；二床的老李，講究活得快活；三床的小周，則追求活著……活著，才是第一位的。這，也很有道理。

晚間，熄了燈之後，大孫突然道：「如果明天真的確診了，我立馬就辦出院手續，去爬珠峰。我即便是死，也要死在攀登的路上，而不是在醫院里、躺在病床上。」

「說得好！」老李接話道：「如果我確診了，也要出院，回家去；吃吃好吃的、看看電視……快樂地度過最後的時光。」

而小周，沒有說話，他不願搭理大孫和老李，他在心中默默祈禱，並堅信自己沒有得絕症、也不會得；何況，還是什麼疑似絕症。

第二天，錢醫生來查房，順便宣布：大孫、老李、小周三人，全都已確診、得了疑似絕症。

如是，大孫立馬要求出院。然，錢醫生不準，醫生是要對病人的生命負責的。

大孫卻胡攪蠻纏，道：「我的生命，自己負責。你醫生，有什麼權力替我的生命負責？」

老李，支持大孫；加入了爭執，要求一同出院。

兩邊爭執，差點兒要動手；如是，驚動了警察。經警察調解，允許大孫和老李出院，但、得簽下協議，如果大孫和老李出院後，

病重、與醫院無關，死在外面、更與醫院無關。

　　大孫和老李簽了字、辦理了出院手續後，在醫院的門口、又互道了珍重，高高興興回家去。

　　見大孫和老李、真出院了，突然、一種恐慌襲上心頭；小周，趕緊去找錢醫生，誠懇地雙膝跪下、跪在醫生的跟前，請醫生救自己；並告訴錢醫生，他有錢、不在乎錢，只要能救他的命、花多少都可以。

　　錢醫生很不耐煩地告訴小周，疑似絕症與錢沒有關係；不是有錢病毒就不來找你，沒有錢就病毒專找你。

　　當然，下跪、也是能感動醫生的。錢醫生決定，盡快安排小周的手術，幫助小周、挽救他珍貴的生命，盡力、也盡可能地把他從病魔的手中奪回來。

　　很快，小周的手術日期就確定下來了。小周感慨涕零，上手術台之前、悄悄塞給錢醫生一個巨大的紅包。

　　沒見過這麼大的紅包，錢醫生找沒人的去處，打開來看一看、數一數；數過之後，錢醫生甚為感動，決心把小周身上的病毒清乾淨。

　　在手術台上，錢醫生與病毒搏鬥，忙得、累得滿頭大汗。眼看著病毒就快要清乾淨了，錢醫生忽然想：如果真把病毒清乾淨了，以後又上哪去掙這麼大的紅包？

　　當然，這不是有意不清乾淨。基本上清乾淨，是常態。不復發，那是天意；而復發，則是病人的命。反正，醫生是不會找點病毒放進病人的身體裡的。

　　下了手術台，小周從麻醉中醒來後，錢醫生有幸告訴小周，手術很成功，小周自千恩萬謝、感激不盡。

　　那一邊，大孫到家之後，就馬不停蹄，立馬訂票、整頓行裝……安排停當，便出發去西藏。

　　到了西藏後，又向著那六千米的訓練營地進發。

　　在營地裡，大孫每天強忍著絕症的劇痛，跟常人一樣訓練……

漸漸，身體的疲勞與肌肉的疼痛、跟病痛的程度，就差不多了；再而，肌肉的痛感、還超過了病痛，他、也就淡忘了絕症。最後，竟然感覺不到絕症的病痛了。

而老李出院後，回到家裡，便先網購了一堆山一樣多的美食。

帶著過去想吃而不太捨得買的美食，老李走進自家的家庭影院，把過去積攢的、全世界的最優秀的電影和最美麗的風光片，全都翻了出來；斜靠在沙發上，吃著美食，看著電視。

這邊，手術成功後、已有月餘了，小周的身體裡、又被檢查出了疑似絕症的病毒。準確的說，這一次、是病毒轉移了。

病毒轉移了，這就是小周的身體的不是了。這就如同、是你得了疑似絕症後，來找醫生看的；而不是醫生帶著疑似絕症，去找你的。

當然，小周是個聰明人，他懂得這些道理，便又下跪，錢醫生又安排手術，小周又塞紅包。

手術畢，錢醫生再次告訴小周，手術很成功；小周，又千恩萬謝、感慨涕零。

然而，不幸的是、再次手術成功後的一個多月後，錢醫生又從小周的身體裡、檢查出了疑似絕症的病毒。

如此，不幸地反復幾次之後，小周竟然沒有錢了。而錢醫生，也誠懇地告訴小周，沒法再開刀了；絕症，已到了晚期。

這時，小周的微信上、卻收到了大孫的信息，大孫、居然真的攀登上了珠峰。

這大孫，很騷包。一路上，還拍攝了很多風光照。他，還不停地擺出各種泡斯、自拍；且，把照片都發了過來，請小周欣賞、點評。

這不折磨人嗎？可，他還說，等從珠峰回來，還要把自己攀登珠峰的照片，作少許的、適當的修圖後，再自費、出版一本彩印的、美輪美奐的、攀登珠峰紀念冊。

自然，大孫也聯繫了老李。如是，老李也想到小周，聯繫小周、

問病情如何。

小周簡單介紹了下自己的不幸，反問老李如何。

老李說，他每天，吃美食、看電影。電影看累了，就看風光片；風光片看累了，再換看電影……美食吃得太多了，就喝口好茶；肚子太漲了，就抽支極品煙；有時，還喝上一口小酒，酒、也是高檔的……坐累了，就躺下；躺累了，便睡上一會；睡醒了之後，再接著看。早已快活得忘記了疑似絕症的事。

老李還說，他很慶幸得了絕症；如果不是得了絕症，他都不知道生活還可以這麼過，這麼輕鬆、愜意地享受時光、享受生活的品質。

小周，建議老李去醫院複查一下。老李聽從勸告，但卻去了另一家醫院；而一查，結果竟然全好了，連後遺症都沒有。

這時，大孫也從西藏回來了。聽說老李複查後、竟全好了，便也去另一家醫院複查，一查、竟也全好了。

這，讓小周的心理太不平衡了。恰這時，小周又因欠費，被錢醫生通知出院。

小周痛苦極了。人家大孫、老李，無論動的還是靜的，也無論自找苦吃的還是享樂的，全都好了。而自己，花了這麼多的錢，結果、卻鬧了個晚期；他感覺，被騙了，自己、是被人耍了、被錢醫生耍了。

小周，生自己的氣、生悶氣，覺著自己實在是太冤了，自然、也怪自己實在太蠢，還怕死、不勇敢，他很想勇敢一回。

小周，把部分想法與家人說了；家人商議，請七大姑八大姨們會齊到醫院的大門口，拉出橫幅，質問：「疑似絕症與醫院效益、科室效益及醫生效益是否掛鉤？」

家人們約定，第二天早上八點半前到醫院大門口；九點正，展開橫幅。然，這一切小周並不知，且也等不及；是夜，他悄悄溜進手術室、偷了把手術刀，打算與錢醫生同歸於盡。

早上八點，錢醫生來查病房，催促小周：要不補齊欠費，要不

辦理手續出院。

誰料小周像沒病人似的，突然跳起、一只手勒住錢醫生脖子，另一只手握著手術刀、把刀尖對準錢醫生的心髒，用力地刺了進去。

一個上了七年醫科大學，好不容易當上主治大夫的錢醫生，來不及掙扎，就倒下、死了；而同事們，卻沒一個敢拉架。

原本小周想弄死錢醫生後、也同歸於盡，然，看著錢醫生倒下、死了時，小周手軟了，又沒膽量自殺了。

小周，還為自己找到了不死的理由：我就該活下去，向人們講述，這些禽獸不如的醫生們、是如何斂財的。

然，沒等小周向人講述，很快、他就被抓了起來。

案子，便呈到了法院。

法院，仔細研究了案子、和小周的自辯之後，雖對小周很是同情；然，這畢竟是屬於醫鬧。法律，是不能支持醫鬧的。如果支持了醫鬧，今後還有誰敢當醫生？而如果都不敢當醫生了，那大家得了病、又上哪去看病呢？

開庭了，法官當庭宣判：小周死刑，翌日執行。

然，當晚小周絕症並發，竟死掉了。

如此罪大惡極的殺人犯，何不當庭槍決？即便死了，也該把屍體拉出去槍斃一回。

否則，怎對得起一生都在救死扶傷的錢醫生呢？

錢醫生的家屬，不幹；醫院的醫生們，不服；連護士們，也都很憤怒。大家商議，到法院的大門口，拉橫幅，討公道。

醫鬧陡然變成了醫生鬧，這還了得？

消息傳到法院，法院叫來警察、嚴陣以待；並，決定轉變立場，人們有權力懷疑：都得了疑似絕症，為何大孫沒死、老李沒死，而留下來治療的小周、卻死了呢？

2021-4-23~5-11 南京

40 網購好心情

——小說‧三百三十五（九卷：伊）

　　小嶽嶽的「『小心肝』、『小寶貝』」，聽了五遍，可、心情還是不好。換，改聽《五環之歌》；又整整聽了十遍，心情依舊很不好。

　　如是，伊從口袋裡掏出了手機，打開、看朋友圈裡、別人發的毒舌段子。

　　「小時候，家裡很窮；但，很快樂。現在就不同了，不僅窮，還不快樂。」

　　伊，沒覺得可樂，皺了皺眉頭、再往下看。

　　「女友：你已經不像過去那樣愛我了。現在，看到我哭、都不問下為什麼。男友：不是我不問，而是——問一次，就得跑一回大商場。如今，我真的是已經問不起了呀！」

　　這，又有什麼好笑的呢？伊，還是沒有樂，又繼續往下看。

　　「上班前，與妻子吵了一架。下班回到家裡，妻子還掛著張臉。丈夫放下公文包，逗貓玩。妻子怒吼道：『你搭理那豬幹嘛？』丈夫道：『這是貓，不是豬。』妻子道：『我說貓，沒說你。』」

　　這好玩嗎？也不好玩。伊，從微信上退出、進入淘寶，見有「網購好心情」、便隨手打開來。

　　「『網購好心情——五條錦囊妙計。包你憂郁、焦慮，一掃而光』100元（如假包換，七天內可退貨）」

　　啥「如假包換」、啥「七天內可退貨」？反正，也不算太貴；伊，心裡想著，便將「網購好心情」放進了購物車。

　　再看看其他，想找些可樂的；然，沒啥可樂的。伊，便掃碼、付了錢。

　　付了錢之後，伊、便打開第一個錦囊，上面寫著：「你笑，使勁地笑、拼命地笑。」

　　踏馬的，我要是能笑得出來，還會花錢、買你的「網購好心情」

嗎？伊這麼想，心裡很不高興。

隨手，伊又打開了第二個錦囊，上面寫著：「用正面的想法，去擊敗負面的想法。」

草，這不是心靈雞湯嗎？

再打開第三個錦囊，上面寫著：「去擁抱大自然。」

我草，這大半夜的、怎去擁抱大自然？伊，差點兒要叫出聲來。

不想再看下去了，可、又很不甘心；不抱任何希望地，伊打開了第四個錦囊，上面寫著：「睡個好覺。」

等於沒說。還剩下一個，伊、是無論如何都不願意再打開了。

本想，花點兒小錢、買個好心情；可，沒想到，不僅沒有買到，反而、心情更糟了。

2020-10-29 南京

41 集體失智

——小說·三百九十二（十卷：奇怪的紐約客）

史密斯探長，像往常一樣、剛踏進自己的辦公室，助理就送上來一杯黑咖啡。

注意，這是二十一世紀五十年代的某一天；地點，紐約警察局。

一邊喝著咖啡，一邊處理各類信件，這已成了探長的習慣。然，這一天，不知為何、辦公桌只有一封待處理的信件。

拿起那信封，翻看了下正反面，史密斯皺了皺眉頭：奇怪，這信怎會是幾十年前寄出的呢？

帶著不解和疑惑，他打開信封，取出折疊著的信件，展開來逐句逐字閱讀。

信上寫著：探長先生，您信不信一個自稱逃出來的盲人，能在

10秒之內、徒手翻越4米高牆？

　　史密斯不由打量了下辦公室裡的屋頂,屋頂約3米多高,他禁不住搖了搖頭。

　　繼續看信。信上道:探長先生,您信不信一個自稱盲人的人,能分辨出草地上的花朵、是紅色還是黃色？

　　史密斯閉上眼睛,試著感覺了下,又搖了搖頭。

　　再看信。信上道:探長先生,您信不信一個自稱盲人的人,在孩提時代能上樹捉鳥、下河抓魚？

　　又閉上眼睛,且伸出兩手比劃了下,史密斯再次搖了搖頭。

　　不過,這封奇怪的信,已引起了他的職業興趣。他放下信,點上一只雪茄,吐出煙霧後,又聳了聳雙肩、抖擻了下精神,才重新拿起那信來、繼續往下讀。

　　信上道:探長先生,您信不信一個自稱盲人的文盲,18歲才開始掃盲,然,當他20歲時,已從一所名牌醫科大學、正式畢業了？

　　「扯淡!」連史密斯自己,都不知這是在說寫信的人、還是在說信中提到的那個盲人。

　　喝了口咖啡,又深深地吸了口雪茄,再慢慢地吐出煙霧後,又再次聳了聳雙肩、抖擻了下精神,史密斯才拿起那信來繼續閱讀。

　　信上道:探長先生,您信不信一個自稱盲人的人,會用電腦和打印機,且會修電腦和打印機;您能想像得出,這個盲人是怎麼辨別出紙的哪面已印上了字、哪面還沒有印上字嗎？

　　史密斯已不再有任何表情,職業的敏感、促使他快速地瀏覽著信上的其餘部分。

　　信上道:探長先生,您是否能夠看懂這個自稱盲人的人,為何在本世紀初、被希拉裡接到美國後,沒幾年、就在特朗普與拜登的總統競選中、站到了特朗普一邊？

　　「一邊,是民主黨;另一邊,是共和黨……」史密斯自語道。

　　……

　　信的最後,寫道:探長先生,假如您也無法理解和相信本信中

的任何一條，您不妨去某某大街某某號、把這位盲人請來問問。

注：我不能確定，我所提供的某某大街某某號，幾十年後是否還準確；但、這人現今已是名人，找他、並不難。

史密斯放下信，陷入深深的思考之中；在思考中，他進行著各種推理⋯⋯這也早已成了他的習慣，在行動前、把方方面面、都盡可能地想到。

突然，史密斯拿起桌上的小鈴鐺，搖了搖；且，隨手把那封奇怪的信放進保險箱、鎖上。

這時候，助手已經走了進來。

「快，帶上槍，跟我走一趟。」說著，史密斯已率先出了辦公室。

⋯⋯

警車在大街上疾駛，警燈閃爍⋯⋯如大家常見的槍戰片。

⋯⋯

無需細說，這所謂的盲人、被探長抓了來；審訊之後，才明白、他竟是個多重身份的間諜。

半年後，這間諜像很多很多年前、國際法庭抓到的藏匿了幾十載、已耄耋之年、卻犯有反人類罪的、前希特勒的黨衛軍軍官，被追溯歷史重罪、科以重刑。

假裝盲人的、奇怪的紐約客被收監後，探長又翻出那封幾十年前寄出的信，他不明白：寄信的人，為何不把這信寄給當時的紐約警察局的探長？

想了很久，也不解其中之奧妙。

又隔了很久，當他偶然翻到本小說、看到其中的「集體失智」的標題時，才突然頓悟。

2021-4-27 南京

42 凶手

——小說‧三百九十九（十卷：情聖）

東大的校園，美麗無比。

早晨，靜謐的陽光和著微風，撫弄著寬闊的草坪；排排雲杉，古老又蒼勁。

數學系的民國建築，掩映在雲杉的群落裡；不甘寂寞的飛檐，又透過杉枝杉葉、偷窺著樓前被驚嚇的人群。

平日，樓前是不會聚集這麼多的人；今日，卻不同，不知是誰早到了一小會，發現有血，已從王副校長辦公室的門下、滲了出來。

許本能使然，一個電話打給保衛處；處長，立馬派保安控制住整幢大樓，拉起警戒線。

這會，公安已飛馬趕到，正在樓上勘察現場。

美麗的校園，是讀書與育人的好地方。自民國以來，除華羅庚、陳景潤，大多不是出自東大；自然，華羅庚、陳景潤也不是。雖都不是出自這裡，這裡依然人才輩出。

被攔在樓外的師生，誰也沒說話，不好說、也不能隨便說。

誰能想得到呢，王副校長會死於非命。

王副，是老帥哥。年輕時是校草，精通音樂、會唱歌，還曾是東大辯論隊隊長，在東南亞高校辯論大賽中、拿過冠軍。

大專院校擴招，學校教師不夠，便留校當了輔導員；之後，通過努力，成了青年管理幹部；再努力，管理業務……最後，就成了人們敬仰的王副。

雖年近五十，然、小頭依然梳得倍亮；衣著，也很是講究。最重要的，是人家的身材管理得十分之好；每周，都要去健身、擼鐵，或跑馬拉鬆。暑假，還去深潛；寒假，則滑雪。

不僅生活豐富，能力也強；據說，還是學科帶頭人。自然，論文是不是他自己寫的、就不好說了。

此外，他還有個特點，就是招研究生時、特愛招漂亮的女生，且、善於處理好與各女研究生之間的關係；所以，不經意間、便贏得了個「情聖」的雅號。

終於，有案情透露了出來。據說，王副是被人割喉而亡。地上，到處是凝固了的血，很厚，說是像菜市場裡賣的豬血。

這是謠傳。菜市場賣的血多厚？估計，頂多像毛血旺或火鍋裡切成條的血。

據說，凶手沒有留下指紋、腳印，也沒有留下血樣。也就是說，那屋子裡滿世界的血、全都是王副一人的。

高手呀，到底都是高級知識分子。但，刑偵人員也不都是吃素的。偶然，他們發現了個嬌小女人之腳的前腳掌的印記；當然，這可能是案發前、誰留下的。

不管是誰、何時留下，問題是嬌小女人、如何殺得了王副。

僅靠案發現場的蛛絲馬跡破案，恐有難度。如是，人們想到了動機；從動機出發，推理出誰或哪些人、有作案的可能。

那麼，誰最有作案動機呢？

桃的前男友。

桃，是王副的女弟子、碩士研究生。

師生之間，自會有些接觸。因桃太美，燦若三月桃花；男友太愛，致使弱酸也發酵、成高濃度強醋，最終、便釀成了以下的一幕。

傍晚，男友突然說、要出差，女碩士自相送。親親、抱抱後，男友上了出租車、去往火車站。

據說，那男友、也是東大的教師，出差、還似乎是王副安排的。男友走了之後，是夜、王副就過來、安撫他的女弟子。

誰料，女碩士摟著王副睡得正香，那男友、用鑰匙捅開了門，說忘帶身分證、走不了，只好又趕回來取。

見王副摟著女友、躺在自己的被窩裡，便上前一把揭了被子；被子一揭，露出兩精赤條條的軀體。

二話不說，男友上前就給王副一記老拳；隨之，雨點般拳腳、

照準他腦袋就踢打過去。

頓時，王的臉便成了暴徒侵擾過的水果攤，破瓜爛桃一地、分不清誰是誰的汁、誰是誰的肉。

自然，王副並不是打不過那男友，而是理虧、只好且挨揍。

揍完後，又是拍照，又錄認錯口供，才放王副。

然，第二天，男友一出家門，就被保衛處的人抓了起來；理由，自是夜闖教學樓、暴打正在教學中的王副。

男友說，不對，是王副到他家睡了他女友。可，女碩士作證，男友是在教學樓裡、暴打了王副。

男友說，女碩士出賣了他。保衛處要證據，男友說在手機裡，可手機裡啥也沒有。男友又說，定是女碩士乘他熟睡之際、刪除了。

刪除了，亦可恢復；男友說，女碩士是高手……

那就沒辦法了，得送派出所、立案。

女碩士也被帶了去，化驗下身殘留物；而結果，只有男友的，沒有王副的。

這更沒辦法了，得判刑。

男友不服，說是待出來之後、定會找王副算賬。

女碩士，便乾脆與他斷了戀愛關係。

雖沒了關係，但作案動機依然成立。哦，忘了，雖有動機，但在牢裡，沒作案時機。

次之有作案動機的，便要數到王副的另一女弟子、荷之父。

荷，亦大美人，王副的女弟子、碩博連讀。原本，兩人關係挺好，不知為何，後來、荷總鬧別扭，在大庭廣眾下、出王副的洋相，讓王下不來台。

為緩和相互間關係，王副請她出席招待上級的晚餐，荷不去。晚餐不去，那就參加餐後的唱K，荷還是不去。

沒辦法，王副乘兒子學校放假、太太帶孩子回老家，邀荷去家裡通宵深談，荷、還是不給面子。

總之，王副好言相勸，做了很多工作，然，荷就是不買賬。

實在沒法，才請校保衛處出面調解。可，也只能好上幾天；幾天之後，又依然故我。

如是，學校就不得不安排校醫介入這局面了。

校醫，自不敢拿大主意。也是沒有辦法，最終、校方決定、送精神病醫院。

誰料，在精神病醫院裡、荷瞅得機會，留下張「出汙泥而不染」的字條，便爬上醫院的頂層、從天而降……

據說，那天、她穿著一襲綠色的連衣裙，像一枚荷葉，在空中打著旋轉，慢慢地、飄然而下……

可憐那美人兒，就這麼摔成了殘荷敗葉，似肉餅、分不清哪是胳膊哪是腿。

荷父，自不甘，說就是因為不放心、女兒能上美國名校都沒去；誰知道，竟會在東大、讀成了精神病，且、成了肉餅。

校方與荷父談，無果。王副親自與荷父談，亦無果。沒辦法，才禁止荷父進入校園。

誰料，有其女必有其父，荷父竟在校門口拉出一巨大橫幅。

實在沒辦法，派出所只好刑拘了他。

然，雖荷父既有作案動機，且有作案時機（很有可能，他是化妝混進校園的）；可，七八十歲的老人、能否殺得了王副？

這，就誰也說不準的了。

就作案動機論之，往下數、就是梅了。

何況，現場有嬌小女人的印記；這印記，也符合梅的特徵。

梅，東大人，父母東大教授。她，畢業於東大附小、附中；高考，以清北的分數、低就於東大。

在校，得過東大最高獎項。畢業後，留美、碩博連讀；再畢業，讀博士後。

東大急需引進人才，梅也願意報效祖國；如是，就回到了母校，簽下六年特聘合同。

可，時光飛逝、六年一晃過去了。而如果不能升為正教授，梅

就必須走人，騰出所占位置、給有實力者。

而升正教授，許已無可能。據說，王副已找她談過。

但，梅說她是真不知道王當了副校長；早知道，就不回來了。

梅還說，她在學生時代，就知道王；還說王，學術不在行，心術挺在行。

關鍵，是梅說王副剽竊了她的論文。

有沒有真的剽竊，就不知了。一般，恩師或領導要求、在論文前加名字，是常有的。

學生總指望導師會對自己好，都讓加。問題是，一旦發現導師對自己並不好，涉世不深的學生、就百分百的會反悔，甚至是翻臉。

梅，大約也這樣；合同一到期，面臨非升即走。

原以為王副會幫她、能升正教授的，不期、要走人，而論文前卻又多出了個名字。這委實很窩火。

當然，梅與王副、好像沒有情感糾葛。即便沒有，論文被竊與非升即走、也構成動機。

梅，會不會是夜晚潛入數學樓，乘王副不備、割他喉的人？

這，誰也不能說是、也不能說不是。

自然，除桃、荷、梅之外，還有許多非典型女生，那誰最有可能是凶手呢？

糟，沒工夫分析了。數學樓前，人們向兩邊分開，約裝著王副的屍袋、要拖出來了。

各位看官，自己推理吧。若打聽到誰是凶手，我自會以「補記」的形式、添上段，向大家報告。

2021-6-8~11 南京

43 不講常理

——小說·三百三十二（九卷：老者參觀聯合國）

聯合國，舉辦由世界兒童基金組織的典型先進人物馬拉拉的英雄事跡展覽。恰巧，一位中國老者路過，便立馬進去參觀。

老者，從頭到尾、仔仔細細地看了一遍之後，想了一想，又回到最前面、看第二遍；看完了第二遍之後，又想了一想，再回到最前面、看第三遍⋯⋯

世界兒童基金做接待工作兼講解員的小姐姐 戰戰兢兢地跟著。

待看了很多遍之後，老者，指著第一面展牆上的文字與圖片，問小姐姐道：「塔利班，是幾乎頂著馬拉拉的腦門開的這一槍吧？」

小姐姐點了點頭。

老者道：「按常理，子彈是不是應該走直線？」

小姐姐，又點了一點頭。

老者道：「按常理，那就應該是——腦門上，有個手指大小的彈洞；而後腦勺，則被豁開了個雞蛋大小的口子。你看看，你們怎說子彈是從眉骨上進去、從耳背穿出，再從肩膀上又鑽進去、從腋下再鑽出來呢？這顆子彈，豈不是會曲裡拐彎了？」

望著這位中國老者，小姐姐很是無語。

老者，拉著小姐姐、來到了第二面展牆的跟前，指著牆上的文字與圖片，又道：「這張照片，是不是馬拉拉剛中槍不久、急著送去搶救？」

小姐姐點頭表示「是這樣」。

老者道：「既然是腦門上剛中了一槍、急著送去搶救，按常理，不管這一槍怎麼打、子彈怎穿行，是不是中槍者、立即就會昏迷，且、起碼得昏迷上半天？你看看，照片上的這馬拉拉、怎還會睜著兩隻大眼？既然是剛中槍、還沒得到醫治，按常理，是不是該鮮血如注？你再看看，照片上的這馬拉拉、額頭上怎會只蓋了塊豆腐乾

大小的、雪白乾淨的小紗布呢?」

　　望著老者,小姐姐更是無語。

　　老者,拉著小姐姐、再來到第三面展牆的跟前,指著牆上的文字與圖片,再道:「按常理,受了槍傷,治愈起碼得一百天吧?你看看,這馬拉拉,才幾十天,怎會已完好如初、連疤痕都看不出來了?就算是這馬拉拉,在治好槍傷後、隨即做了整容手術,按常理,所需的時間,是不是只會比一百天更長、而不會更短?還有,無論是治槍傷、還是做美容手術,按常理,是不是都要備皮,即把部分頭髮和眉毛都剃掉?這是基本常識,你懂的吧?可,才幾十天,這馬拉拉的滿頭烏髮和眉毛,又是怎在幾十天裡長出來的呢?」

　　小姐姐望著老者,實在是沒法回答。

　　這時,老者才道:「即使要作假、做局,你們是不是也應該稍微弄得專業點?」

　　這回,小姐姐徹底傻了。

　　老者,拉著小姐姐、來到第四面展牆的跟前,指著牆上的文字與圖片,道:「這麼個硬傷累累的、所謂中槍與治傷的過程,居然、還能上美國《時代》周刊?那些記者及主編們、難道是些白癡?而後,又是美國總統、又是英國女王,輪番接見;再而後,竟然又獲得了諾貝爾和平獎。最後,還以馬拉拉的名義成立基金,而這基金、又恰好是由當初給馬拉拉開博客、一路為馬拉拉造勢的、英國的前首相來主管……這,該不會是、全世界的精英們串通一氣作假,再合夥騙捐,從中撈錢、分肥吧?」

　　這回、輪到小姐姐激動了,她拉著老者的手、竟然用漢語道:「佩服、佩服!全都被您看出來了,且思路還這麼清晰,難怪您是中國當代思想家。」

　　「你也知道我?」老者問。

　　「怎會不知道呢?您不知道嗎,大家都非常怕您。」

　　「會怕我?」

　　「怎不怕?您成天講按常理,誰不怕?」小姐姐握著老者的手、

搖晃著，嗲裡嗲氣地道：「您能不能不講常理？」

老者渾身的骨頭都要酥了，笑道：「早說不講常理，不就得了。」

2020-10-28~2021-6-22 南京

44 恐懼症

——小說‧三百三十八（九卷：權大了）

A教授與B醫生是發小，原本同住在一個大雜院。三十年前，一個考上了北醫大，後來成為了心理醫生；一個考上了清華，後來成為了社會學家。

雖依舊同住在一個城裡，但大家都處在事業的鼎盛期，都在不斷地爬坡、不斷地向頂峰衝刺……所以，也就逢年過節通個電話、發個微信，真正見面、好好聊聊的機會，不多。

最近，A教授的家裡遇上了些事，便想到了做心理醫生的B。兩人約好，在一家咖啡店見。

A教授先到，點了兩杯咖啡，他讓服務生等他朋友到了再上。

其實，A教授剛點好咖啡，B醫生就前後腳到了。

兩人一番寒暄、坐定之後，咖啡就端了上來。A教授道：「最近，我太太、我們家的女主人，有點不太對勁。過去，她是個大大咧咧的人；正因為如此，我家的房本上、才只有我一個人的名字。可，最近，女主人要加上她的名字。這，我沒意見。我想，原本就是兩人的共同財產，加就加上吧。」

B醫生，注視著A教授，邊聽邊點頭。A教授，繼續道：「可加上沒幾天，女主人又說，我跟前妻有個孩子，萬一我先走了，很麻煩；要我立個遺囑，放在她那裡。」

A教授頓了頓，道：「你是知道的：第一，我前妻早再婚了，且

是瞞著孩子、不讓她知道我的存在。第二，她發大了，哪還會為區區幾十萬一百萬、讓孩子知道我一直存在著？」

「當然，以防萬一、也沒有錯。可，畢竟還不到50歲、就立遺囑，總覺得哪兒不對勁。」A教授問：「會不會女主人到了更年期？」

B醫生則道：「你那位，我記得好像比你小十好幾歲？哪來啥更年期？」

「那說前一陣。」A教授道，「換了套新房子，她說門不安全，我就換了鎖。她還說不安全，非要換成那種高檔的門。好，換門；可又說窗子也不安全，非要都裝上防盜窗。那就裝防盜窗，又說202材質的不安全，非要用304材質的、加厚的那種。那就用304材質、加厚的，她還說不安全，非要在不鏽鋼管裡都穿上鋼筋……」

沒有說話，B醫生只是聽著。

A教授說開了，又道：「本想五十多平方換成一百多平方，日子該好過，誰料……」

突然，B醫生問：「原來有幾間房間，現在是幾間房間？」

「原來？」A教授道，「一間臥室，一間書房，外加廚房、廁所……」

「只算正房，廚房、廁所都不算。」B醫生道。

「只算正房？」A教授道：「那原來只有兩間正房，現在有四間正房。」

「我知道啥病了。」B醫生道。

「啥病？」A教授問。

「恐懼症。」B醫生道。

「恐懼症？」A教授問：「那病因呢？」

「權大了。」

權大了？這，是啥意思？A教授，想不明白；不過，他相信發小、還不至於會騙他。

2020-11-1 南京

45 錯亂

　　——小說・三百八十四（十卷：冤家）

「顧老，給講個故事吧。」網友道。

老者，點了點頭。

……

大秦的月剛升起，皇軍的鬧鈴就響了；美國大兵式的睡袋裡、伸出雙白嫩的手，菇涼伸了個美美的懶腰。

走進茅房，日式馬桶張著嘴，菇涼一屁股坐下，稀裡嘩啦地放水，滿足那深喉般的渴望。

漱洗，化妝、畫上落梅妝；穿上大清朝服、系上太平天國頭巾，出門去。

菇涼不是俄國漢奸，而是偽軍女子騎兵隊隊長。

跨上電驢子，一發動、上了街。

縣城，跟紐約一般，華燈轟鳴、車流閃爍；滿大街的賤民，有的趕著去吃飯、喝酒，有的急著去跳舞、打麻將……那不急不忙的，則是去洗溫泉、泡妞。

菇涼趕去上班，就是要去修理這些賤民。

……

「你這啥玩意？亂七八糟的？」

「縱橫穿越呀。」

……

菇涼領著女子騎兵隊，與騷年帶領的夜間偵緝隊匯合到一處，在大街上巡查、掃蕩。

華燈喧囂，把盛唐般的繁華、寫滿夜空；人聲、車聲閃爍，將清明上河圖的市井之光、穿越到當下。

忽地，一老板前來報案；菇涼與騷年等下了坐騎，跟著老板來到舞廳。

原來，是個老年性饑渴者，趁著彩燈旋轉到暗淡時刻，伸手摸了一娘們屁股；如是，發生了爭執。

騷年苛責老人：「真是，越老越不正經！你當這是在公交車上，可以隨便伸鹹豬手？告訴你，這裡是皇軍治下的舞廳。啥也別說了，罰款一百銀元。」

很無奈，老者從漢服中、摸摸索索掏出張百元銀票。

收了錢，騷年與菇涼帶著一彪人馬離開。

入夜，大街上的華燈依然。人流、車流，漸稀少；偶爾湧出一波，也是哪裡散了場的賤民，趕著回家挺屍、睏覺，待到明日再吃再喝、再歌再舞、再玩再賭。

騷年與菇涼領著人馬、回到了偽縣府，解散隊伍、讓大家回宿舍小憩。

菇涼回到自己的單間休息室，騷年尾隨了過來。

「怎，又想次奧？」菇涼道。

騷年解衣。

菇涼不是隨便的人，隨便起來搞死人。騷年精疲力竭、渾身虛脫，兩腿發軟、晃晃悠悠……又敗下陣來。

那年，菇涼十八歲。欲與花兒比美，卻沒一朵花敢大大方方開放；想跟月兒比靚，月兒躲在雲彩裡、死活不肯出來。

菇涼不僅漂亮，且聰明過人；屬於除了讀書不好、考試不行，其他樣樣都棒、件件都不會輸人的那種。

如是，被偽縣府招了來，分在維持會、做接待工作。

而騷年，更一表人才。當年，當城管時，去了趟市場，被那些賣瓜果蔬菜的騷娘們圍住、拿整張的銀票往他身上貼，硬是把他糊成了個錢中人。

菇涼做接待的第一天，即被騷年相中；如是，騷年就跟皇軍講，菇涼做接待太可惜，當調到夜間偵緝隊來培養，將來成立個女子騎兵隊，執行任務時、遇上耍潑耍賴的娘們，也好有人去對付。

甚是有理，皇軍準了。

如是，菇涼就被調進了夜間偵緝隊。而後，也就有了如同上面的那一幕。

自然，開始也不這樣。然，小城人質樸，沒啥談戀愛之類的虛頭巴腦；男女之間相互看上了，找個草窩子就把事情辦了。

騷年也想如此。可菇涼不幹，非要騷年發誓海枯石爛不變心、方可考慮；且約法，如變了心、則要賠償。

騷年惦記著次奧，便爽快地全都答應下來。

既答應了，那就次奧吧。這世上，誰不愛次奧呢？不次奧者，非仙即傻，連豬不也要次奧？

而一旦次奧，騷年便又精疲力竭、渾身虛脫，兩腿發軟、晃晃悠悠地了。

菇涼為何有這般能耐？按下不表。

恰這時，騷年、卻偏偏被縣太爺的獨生女相中，誓要奪來作東床快婿。

這很讓騷年為難。肯吧，得丟了豔美無比的菇涼；而那縣太爺的閨女還長得不好，長得不好也事小、關鍵還是個疤眼，疤眼也不算啥、臉上還有塊豬皮；那豬皮黝黑錚亮，似皮鞋上剪下的一塊。

如是，騷年決定跟疤眼豬皮好好講，說自己與菇涼有約在先，誰變心、得罰二十萬銀元。

二十萬算個屁？疤眼豬皮是縣太爺的女兒、財大氣粗，當即拍板、二十萬她出；不僅如此，還許諾、讓騷年當偵緝隊隊長。

小戶人家出身的騷年，沒見過啥世面，一聽二十萬不用自己出，還能當隊長；遂想到以後那種種想不到的好處，便順水推舟同意了。

這樣，騷年見到菇涼、自矮了一截……但，騷年不是無情無義之人；為安撫好菇涼，騷年當上隊長之後，便立即運作、成立了女子騎兵隊，讓菇涼當上了隊長。

話說那邊，騷年結婚、閉著眼睛次奧，日子也能過；不久，便次奧出了個大胖小子。

然，天有不測風雲，不知怎的、縣太爺靠邊了。

　　縣太爺一靠邊，騷年自沒了原先的神氣。如是，便有了得過且過的想法。

　　仕途一旦沒了追求，心思自用在別處。況且，那美輪美奐的菇涼、每時每刻都在身邊晃。這，不就是種對人性的誘惑、對身心的摧殘？再說，這菇涼與騷年之間、還多少有點舊情。

　　一日，騷年不知為甚心煩，無意中說了句：「我次奧。」

　　菇涼道：「次奧誰？」

　　「次奧你，怎的啦？」騷年在氣頭上。

　　「有家有小的人，平白無故，竟要次奧本菇涼？叫你先吃我一記粉拳，長長記性。」說時遲、那時快，菇涼一拳揮去。

　　騷年與菇涼扭打成一團。那偵緝隊的、騎兵隊的，一看、便都知趣地撤了。

　　打到最後，自然還是騷年占上風，得逞了。

　　如是，菇涼與騷年重新立下規矩：在一年之內，騷年需與疤眼豬皮離，與菇涼光明正大在一起。

　　騷年次奧了，自然只有答應的份。

　　然，人有旦夕禍福。靠邊的縣太爺，破釜沉舟、勇敢地走了皇軍的門子，又官復原職。

　　如是，騷年在一年之內與疤眼豬皮離的協議，只好修訂為三年；自然，又附加了一條：如果三年內離不了，需賠償菇涼一百萬。

　　也自然，在這三年之中，騷年想次奧時、即可次奧菇涼；反之，亦然。

　　……

　　時光如水，歲月如梭。不知不覺，眼看就要到三年了。縣太爺不但沒再靠邊，也沒要調走的意思，更沒有會死的跡象。騷年，心中愁煞；掩飾不住，便露在了臉上。

　　禁不住疤眼豬皮的盤問，騷年只好將與菇涼的約定、和盤托出。

　　給她一百萬又如何？騷年，只覺得疤眼豬皮爽氣。

　　誰料付了一百萬、簽字畫押後，疤眼豬皮對縣太爺一說，縣太

爺當即叫人把菇涼抓了起來，罪名自是詐騙。

判決書下來：十年牢獄，歸還所詐銀兩一百萬、罰款一百萬……為何是兩百萬？君有所不知，菇涼是賺錢好手，幾年前的那二十萬、早被她盤成了一百萬。

可屁民們不知內情，都說縣太爺不公，是騷年睡了人家菇涼三年，如今不但被抓了、判了，還要罰得人家傾家蕩產。

如是，縣太爺又與疤眼豬皮密議。

翌日，縣太爺大公無私、大義滅親，把東床快婿騷年抓了，當即判決：淫人女子，敗壞風氣，入獄五年，且命疤眼豬皮與騷年立馬離。

……

「那後來呢？」

「後來，自是菇涼坐牢，騷年也坐牢。」

「再後來呢？」

「再後來，騷年坐滿五年牢，出來，家沒有了，人際關係還在，就做生意，買房、買車。」

……

又過了整五年，皇軍投降了，菇涼也刑滿釋放。

出獄的那天，她走出牢門；一看，「哇」地忍不住叫出了聲。

原來，那監獄門外，婚車、彩車，氣球、鮮花……排成了長長一溜。沒等菇涼反應過來，已被幾個婦人捉住、換上了婚紗；而那騷年，自也是新郎官打扮，跪地求婚。

也沒等菇涼說同意或不同意，婚戒、亦已套在了她的指上；喜極而泣，菇涼捶打著騷年，道：「冤家呀！你若是早十年向我求婚，我又何至於跟你要分手費、青春損失費……冤家，是你、害我得坐了這十年冤獄……」

「那時，我……也是身不由己。」

「現在呢？」

「早離了。他們不要我了。」

「哇——」騷年沒哭，菇涼反倒先哭了。

如是，圍觀的賤民們，喊了起來：「在一起、在一起！」

……

「講完了？」網友問。

「講完了。」老者道。

「你這哪是穿越？不分明是錯亂？」

「是錯亂，不也比〈紅毛酋長的贖金〉穿幫好嗎？」

「人家怎穿幫了？」

「既是被綁架來的男孩，為何不綁起來，這難道還不是穿幫？如果綁起來，哪還會有紅毛酋長？更別說贖金了。」

「那倒也是。」網友道：「還別說，我突然覺得，你這寫法、還真別有一番風味。」

老者不語，只詭秘地笑。

2021-3-14~6-5 南京

46 未來郵遞

——小說・三百九十一（十卷：怪老頭）

本世紀之初，互聯網剛剛興起；博客，成了民間學人的集散地。

此時，出現了個怪老頭。

也不知，是不是這傢伙跟魯迅家有世仇；反正，他發表的文章都是〈魯迅先生的錯誤〉、〈民眾是供我們愛的，而不是供我們去罵的〉、〈魯迅先生私塾式教化民眾法可以休矣〉、〈【孔乙己】之三大敗筆〉、〈請魯迅先生步下神壇〉、〈魯迅先生不能代表中國精神〉、〈魯迅精神的實質就是反社會〉……後，稱之為「打倒魯迅」。

這嚴重地噁心了崇敬魯迅的人們。如是，人們自發地展開了反

擊；網絡上到處都飄揚著〈【請魯迅先生步下神壇】其實是個笑話〉、〈魯迅先生不應該走下神台〉、〈為什麼要打倒魯迅〉、〈魯迅招誰惹誰了〉、〈裸體的魯迅不勝寒〉、〈力保我們的恩師魯迅先生〉、〈大師們，請留點偶們的信仰吧〉……

更猛烈的，則有〈怪老頭是自慰癖還是強迫症〉、〈作家怪老頭，我發現你在手淫〉、〈到了更年期也不能割老公陰莖——駁怪老頭〉、〈狂妄的世界狂妄的人——不得不談的怪老頭之流〉、〈怪老頭——一個被妓女包養的作家〉、〈怪老頭——當代中國最狂妄的人〉、〈裝B也是門技術活〉……

可，怪老頭不服，竟又不斷地發表〈怪老頭批注【魯迅年譜】〉、〈五四‧新文化‧魯迅〉、〈魯迅沒有參加過「五四運動」〉、〈魯迅沒有參加過「五四運動」（之二）〉、〈魯迅肯定與國民黨當局有默契〉、〈魯迅與秦檜沒有什麼區別〉、〈魯迅與汪精衛沒有什麼區別〉……

這下，把名家和專家們也惹惱了；為捍衛魯迅，名家們相繼發表〈不打倒魯迅，文化就不和諧嗎〉、〈網絡三駕馬車之旗馬怪老頭〉、〈中國網絡上的粗俗文化、淫穢文化和獵奇文化〉、〈敢於打倒魯迅之怪老頭之怪異思維〉、〈棒喝作家怪老頭〉、〈怪老頭——嘩眾取寵之徒而已〉……

尤北大教授錢理群，發表了〈「五四」新文化運動中的魯迅〉，嚴正指出「魯迅給五四新文化運動提供了特定價值的思想」。

雖說權威也出來說話了，然，怪老頭的文章、也不是沒有道理呀。如是，有計劃地、讓魯迅的文章悄悄地撤出教科書、之行動在暗暗地進行著……

誰料，這又被怪老頭識破、並嚷嚷了出來。如是，幫怪老頭說話的文章也多了起來，如〈怪老頭——重新選擇批判對象的魯迅〉、〈誰才是「民族魂」——讀怪老頭【打倒魯迅】〉、〈還魯迅以真面目，怪老頭是民族英雄〉……

絕不！絕不能讓反魯迅分子們得天下。熱愛魯迅的人們，開始悄悄串聯，讓各網站都嚴禁刊登怪老頭和他的擁簇們的文章。

終於，怪老頭淡出了人們的視線。

又過了些年，熱愛魯迅的人們，籌辦追思魯迅的活動，相繼發表了〈魯迅走了，逝於82年前的今天〉等紀念文章。

然，怪老頭竟悄無聲息。

當年，北大教授錢理群發表「魯迅給五四新文化運動提供了特定價值的思想」之觀點時，怪老頭曾揚言，要駁得錢教授體無完膚；可，怪老頭食言了。

當年支持過怪老頭的人們，失望了。

怪老頭，哪裡去了？怪老頭，害怕了嗎？怪老頭，是個沒有脊梁骨的庸人嗎？揣測在蔓延。

沒有人知道，熱愛魯迅的人們、神通廣大；早在怪老頭的第一批文章出籠時，他的電腦、就不斷受到各種各樣的攻擊。

也沒有人知道，怪老頭常收到「打斷你兩腿」、甚至是「小心你狗命」等的威脅。

更沒有人知道，怪老頭漸漸老了，歲月正衰竭著他的軀體。

……

怪老頭，真的淡出了互聯網。

再後來，有人傳出消息：怪老頭死了。

據說，怪老頭死時，沒有一個人送葬，他是孤零零地走的。

一年、兩年、三年……人們，漸漸淡忘了怪老頭。

90後、00後及10後們，再也沒有人知道怪老頭；人世間，已不再有怪老頭的故事。

……

時間，就這麼流淌著。

有一天，當年支持過怪老頭的一些80後，突然收到了中國郵政、從未來郵局發來的信件；信封裡，只有一個U盤。

U盤裡，也只有一篇怪老頭回復北大錢教授的文章。

文章從《魯迅年譜》之「1913年，公餘校《嵇康集》……1917年，研究拓本。1918年，始寫第一篇小說〈狂人日記〉，餘仍研究拓

本。1919年，發表愛情之〈隨感錄四十〉、家庭之〈我們現在怎樣做父親〉」，指出不是啥「魯迅給五四新文化運動提供了特定價值的思想」，而是新文化運動和「五四運動」哺育了魯迅。

……

證據確鑿。80後，把未來郵局寄來的U盤裡的文章、公開在網絡上。

頓時，曾熱愛魯迅的人們、皆幡然醒悟。

從此，蓄意包裝、招搖過市的魯迅，漸淡出人們的視野，也淡出了中國的歷史。

……

又過了一個多世紀，真的沒有人再知道怪老頭了。

世人，只知有篇頗有名的、寫怪老頭的小說，叫〈未來郵遞〉。

2021-4-26　南京

47　禪意

——小說．三百三十六（九卷：古剎裡的故事）

古剎、鍾聲……幽遠，而寧靜。

從小，不喜讀書的小明，向往寺廟，想當和尚。

剃度的第一天，小明問老和尚：「我何時才能像您、成為高僧？」

老和尚道：「待你能悟到禪意，便自是高僧。」

小明又問：「那我怎才能悟到禪意？」

老和尚道：「一要多向師傅請教，二要多向同道請教，三要多向眾生請教。」

不便再問，小明點了點頭。

一日，廟裡來了個新和尚。老和尚對小明道：「你不用再擔水、

劈柴了，這些由新和尚去做；從明天起，你負責下山去買菜、買糧。」

第二天，小明下山去買菜。路上，遇見一別的廟裡、也去買菜的小和尚，便道：「去哪？」

小和尚答：「風去哪，我就去哪。」

小明無語。回來，跟老和尚說了，老和尚指點道：「他這話裡，就有禪意了。」

「就有禪意了？」小明不解。

老和尚卻道：「其實，他也是在與你比高低。」

小明問：「那我，該怎接他的話呢？」

老和尚道：「你可以說，如果沒有風、你怎麼去呢？」

「對！」小明領教了。

隔日，小明又下山去買菜，且、又遇見了那小和尚，便又道：「去哪？」

那小和尚又答：「腳去哪，我就去哪。」

小明又無以對答。回來，又跟老和尚說了，且請教：「這是不是禪意更深了？」

「先將禪意放一邊。」老和尚道，「你為何不說，如果沒有腳、你怎麼去？」

「對呀！我沒有說，如果沒有腳、你怎麼去？」小明自責不已。

隔了數日，小和尚再下山去買菜。恰巧，再遇見了那小和尚，便再道：「去哪？」

這次，那小和尚答：「去菜市場。」

小明，更不知如何接話了。回來，再跟老和尚說。

「你就不能說，如果沒有菜市場、你去哪？」老和尚道，「怎麼變化一下，你就不行了？」

小明道：「是呀！怎麼沒有說，如果沒有菜市場、你去哪？怎麼變化一下，我就不行了呢？」

老和尚道：「不可教也。以後，你就不用再下山買菜了，讓新和尚去。你，還是做回原來的，繼續擔水、劈柴。」

小明便擔水、劈柴。

數日後，老和尚把小明與新和尚、都叫到跟前，道：「你倆的工作再換回來。從明日起，小明負責下山買菜、買糧，新和尚負責擔水、劈柴。」

重新分工後，相安無事。

一日，身旁無人，小明問老和尚，為何不讓新和尚下山。

老和尚道：「他還不如你，更沒有悟性。」

「這天下竟然還有比我蠢的？」小明很不能理解。

老和尚也沒具體解釋，只道：「你不妨，把你與那小和尚對話的故事、對新和尚說說。」

如是，小明瞅了個空，對新和尚道：「我跟你說說、我親身經歷的故事。」

新和尚點了點頭。

小明、跟新和尚說，他如何遇見那小和尚、那小和尚如何說「風去哪，我就去哪」回來後，老和尚又如何點化……

邊說，小明邊觀察著新和尚的反應，誰料、新和尚卻毫無反應。

小明，又說「腳去哪，我就去哪」及「去菜市場」等；然，新和尚只是看著小明、還是沒有一點兒反應。

無藥可救。小明去跟老和尚說，「他是不是有點兒傻？」

「才不呢。」老和尚道，「我初來時，還不如他。擔水、劈柴，我做了十七年。後來，才一下悟到了；一悟到，也就一通百通了。最後，就做到了這住持。」

忽，小明感覺到了禪意。可，究竟啥是禪意，卻又說不出來。

2020-10-30 南京

48 三中美人計

—— 小說·三百七十三（十卷：戲說芳餌伐其情）

大劉，可謂一代英才，跌倒了爬起來、是他的本事。然，因好色，爬起來再跌倒、則是他的命。

大劉出生在東北，是地道的關東漢。又自小聰明，十幾歲就考上了中科大；畢業後，分在航天研究所、計算流線型曲線。

後，又一傢伙考上了北大。上了北大，自然就拿到了碩士文憑。此後，忙於政治。

再與學業相關，已是十年後、到了美國。在美國，做甚好呢？自然是讀書，讀書有獎學金、生存便不成問題。

大劉本可繼續研究數學、考博士；然，他改學了物理，且還是讀碩。早就是碩士了，幹嘛還要再讀？不清楚。聰明人的想法，是非我等能弄懂的。

拿下名校物理學碩士後，可謂光芒萬丈。恰時，有醫科美女大學生從國內來（且稱其為A女）。

大劉，也老大不小了，自然想要找老婆；有A女投懷送抱，更自然想到了要結婚。何況，A女成熟、穩重，屬大家閨秀型，有牡丹之色之姿之質之態，比洋妞細膩、更有東方韻味。

為何A女方方面面、如此稱心？會不會是美人計……大劉，沒想。這，不怪大劉美歐頭腦，而怪他一直讀書、沒接觸過啥美女。

沒怎觸過美女，自不易把持。不僅把持不住，且迄今大劉還認為A女堪稱七仙女。

一個男人，如此感覺，別人再說、也是白搭了。如是，大劉的三朋四友、趕來，為他張羅婚禮。

又是證婚人，又是伴郎伴娘；又是婚紗，又是氣球……婚禮，好生熱鬧。

可婚後，A女開始管束大劉。漸而，不讓他與過去的朋友在一

起；再而，試圖奪取家裡的財務大權……如是，矛盾漸漸多了起來。

拌嘴拌到最後，大劉怒不可及，指責A女是個特務。因，大劉觀察到，A女第一次摸槍、就能夠槍槍皆中十環；如果沒有經過專業訓練，這怎麼可能呢？

這麼一鬧，就只有離婚了。

離婚後，A女帶著女兒走了。大劉，又過起了單身漢生活。

A女，倒是硬氣，不找大劉要啥撫養費之類。因，A女是學醫的，七弄八弄、就成了美國某大醫藥的代理；那，就不再是什麼人到處找錢了，而錢追著人跑。

如是，大劉就成了朋友們的笑柄。啥美人計？哪有中了計，不賠反賺的？

鞋，究竟合適不合適，只有腳、才最清楚。大劉想，不去分辨，再讀書；先讀出個子丑寅卯來，再說。

如是，大劉便又報考美國金融名校，再讀碩士。

一代英才大劉，又三下五除二、拿到了金融學碩士頭銜。而後，再投檔華爾街，考進某財團、做了分析師；如是，大劉也日進鬥金、財運亨通了。

正不知這好日子、今後該怎麼消受，恰時，國內、又晃晃悠悠來了個嬌小靚麗的B女。

大劉一看，B女好啊！小家碧玉型，燦若桃花。如是，又熱戀、又結婚。

如果說A女是美人計，那麼，定是大劉在A女的身上、沒吃到、吃足苦頭；要不，怎麼會又急急忙忙、朝圈套裡面鑽呢？

相比A女，這B女倒更像是美人計。

話說B女先為大劉生下個兒子，而後、就融入了美國社會。人家美國，是個多種族的社會。有種族歧視，就也有反種族歧視、對少數族裔特好的。

如，見黑人身體太強壯、又沒法排遣，就有妞、自願到公園去犧牲自己，為人民服務。

　　B女，跟大劉閃戀、閃婚，又閃懷、閃生了兒子後，再閃學、學會了犧牲自己，去公園、為黑人提供服務。

　　這讓深受儒家文化影響、在對待自己女人上特小氣的中國男人大劉來說，如何受得了？如是，大劉又輕車熟路、拼死拼活鬧離婚。

　　離就離，誰怕誰？B女為黑人提供服務，崇尚的是白左文化；而美國，是講民主的。

　　如是，打官司。待到判決下來，大劉傻眼了。為啥？孩子小，必須判給女方；而女方又剛到美國，沒有能力撫養孩子。如是，大劉的財產，就跟著兒子、一起劃歸女方。

　　美國的法律，竟踏馬這麼地人性化。大劉徹底傻眼了，只好淨身出戶。

　　在如此的打擊下，大劉的班、也不好好上了；在辦公室裡，他居然用華爾街財團的電腦，寫他的糟糕情緒、且還發出去。結果，自然是被炒了魷魚。

　　不僅是被炒了魷魚，而且名聲也搞壞了；從此，業內再沒有一家肯錄用他。如是，就徹底失業了。

　　沒了家，又失了業，怎辦？美國，有救助站呀。要不，怎會全世界的人都往美國跑呢？

　　可，那救助站、畢竟是流浪漢們去的地方；而擁有三張碩士文憑的大劉，去那種地方、心裡自然不是啥好滋味。

　　可，美國是個永遠不會埋沒人才的地方。大劉，雖寄宿在救助站，吃喝著社會救濟的面包、牛奶；然，心中的大志、一刻也沒忘。

　　想呀、想呀，大劉苦思冥想著日進鬥金、財運亨通、腰纏萬貫的好日子。

　　一日，大劉正在等救濟餐，無意中、看到報紙上說，美國的福彩獎池、已經累積了幾千萬美金，最近、很有可能會出現巨獎。大劉想，我何不玩玩福彩呢？

　　可不是嗎？彩票、玩的是啥？不就是概率嗎？而大劉的數學、是算航天器流線的，再加上又在華爾街混過，像算彩票概率這種事，

那還不是小兒科？

如是，大劉救濟餐也不吃了。立馬、去網吧，做了個獨特的、屬於自己發明的、數學模型，而後、調出近年來福彩的中獎號碼、代入，一敲回車，果然、出了個奇特的號碼。

大劉抄下號碼後，趕緊去吧台結賬；可待付完賬後，他才意識到自己已一個子兒也沒有了。

這怎辦呢？眉頭一皺，計上心頭。大劉，來到大街邊，盤腿、席地而坐，摘下了頭上的舊禮帽、放在腳跟前，乞討。

恰時，一位洋妞走了過來，見大劉這般、甚是同情，從兜裡掏出一美元；可，正當人家要將一美元、放進大劉的舊禮帽裡時，卻被他制止住了。

大劉擺擺手，而後伸出手心，再用食指中指比劃出個「二」。洋妞明白了，這位大叔是要兩美元；如是，又掏出一美元，將兩美元一起、放在大劉的禮帽裡。

大劉道了聲謝，趕緊抓起兩美元、拼命地跑。跑到最近的一家福彩投注站時，人家已快下班了；幸好，截止的時間還沒到，大劉趕緊將兩美元、給了店主，而後掏出手機、指定要買那個號碼。待大劉剛買好，美國福彩的截止時間、也恰好到了。

大劉買到了想要的彩票、收藏好，又回救助站去睡覺。

轉眼，美國福彩開獎了，竟然真的開出了幾千萬美金的巨獎；關鍵，這巨獎的號碼、還居然真就是大劉算出的那個。

哇，天不絕我！大劉潸然淚下。

美國，也跟中國差不多。得知一個住在救濟站裡的流浪漢、中了數千萬美金的巨獎，那電視、網絡、電台、報紙……全都來采訪。這下，便全天下都知道了。

而全天下都知道了，與大劉離異的B女、自然也知道了。知道後，B女立即帶著兒子、趕了過來。

見了面，B女啥也不提，只道：「兒子說，想你了。」

「想我了，好啊！我也……」大劉的話，還沒來及說完，那離

異的A女、也快馬趕到。

A女，也啥都不提，只道：「女兒說，想你了。」

「想我，好啊！我也正想得很呢。」說著，大劉一把摟過他的一雙兒女。

這時，A女和B女、像是商量好的，幾乎異口同聲道：「大劉，為了你的兒女，我們復婚吧。」

一下子，將要擁有兩個大美人、兩個老婆；大劉，心花怒放，連聲道：「好啊、好啊！」

A女B女，又異口同聲道：「走，我們去辦手續。」

大劉，想了想，道：「那你們倆，誰當大老婆、誰當小老婆呢？」

「我在前，自然我是大老婆。」A女道。

「不對。我為大劉生了個兒子，理應我是大老婆。」B女道。

如是，A女與B女爭執起來。

而大劉，則忙著跟久未見面的兒子、女兒說話、親熱。兩孩子之間，也很快就熟悉起來。

不一會，A女B女不爭了，等大劉裁決。

大劉道：「你倆，還是、最好先決出個雌雄來……」

如是，A女與B女，拽頭髮的拽頭髮、撕衣裳的撕衣裳……一場撕逼大戰、開始了。

2021-1-10 南京

49 當代桃花源記

——小說 ‧ 三百二十八（九卷：仙俠傳奇）

莫名其妙！不知哪來的張國堂，或受誰指使，突設皇帝教、自任教主，並招降納叛，欲收顧生為弟子，以壯教威。

顧生何等人也？中國著名作家、思想家，俠義之人，如何肯從復辟倒退之流、為虎作倀？

然，自古以來，皇有皇的惡史、教有教的蠱惑；而今又皇教合一，豈是兒戲？

如是，顧生向西南一路逃去。

這邊，顧生剛逃；那邊，張教主整頓軍馬，帶領大國皇帝、俄國沙皇、朝鮮皇帝、日本天皇、英國女王及梵蒂岡教皇一路追趕。

七天七夜，連飛帶走、連滾帶爬……顧生，早已饑腸轆轆、人困馬乏，卻又面臨絕境——

峽谷之中，前面是大山，兩邊是絕壁，後面又有追兵……

「天絕我也。」顧生哀鳴道。

難不成、束手就擒？顧生尋思。突然間，卻發現：那山腳下，竟有一個狗洞。

狗洞就狗洞。為了活命，顧生一頭鑽了進去；邊鑽邊思忖：我雖名家，實乃布衣；我就不信，你教主、皇帝，也都肯鑽這狗洞？

這麼一想，便釋然了些許。然，怕就怕那教主、皇帝們，也肯鑽狗洞、追上來；如是，顧生又拼著性命、往前爬。

不到一袋煙的功夫，張教主、率眾皇帝趕到；遂下令，管轄之大國皇帝進洞、捉拿顧生。

一看、是個狗洞，大國皇帝面有難色；如是，便心生一計，道：「何須鑽狗洞？只需守住洞口，怕他不自己出來？」

也對。張教主想，一狗洞、裡面能有多少空氣呢？待憋不住了，不就自己出來了？如是，便道：「也好。你等好生輪流值守，定要活捉了這老兒。」

那狗洞外，張教主等盤算、且安排人等把守住洞口。而狗洞裡，顧生則手腳並用、拼命地往前爬著。

不知不覺中，顧生、已爬出了十好幾里地。

爬不動了。實在沒勁了，真的連一絲力氣也沒了。然，突然間，眼前一亮、豁然開朗……

原來，這裡是喀斯克地貌。似狗洞的去處，本是條地下暗溪，隨著地面不斷抬高、沒了水，才似一狗洞；另一頭，則通往天坑。

天坑裡，有洞、有天，有湖、有田⋯⋯餓極的顧生，無暇多想、便下水裡去捉魚。

捉得魚來，擠出魚腸、摳去魚鱗，架在火上烤⋯⋯如狼似虎，顧生吞下半生不熟的魚後，靠在石壁上、漸睡去。

一覺醒來，才思慮日後的生計。

好在是——這裡的田，可種稻、種菜、種瓜果；這裡的湖，水裡更是有魚、有蝦、有螃蟹。

且，這裡的稻，七天一熟；這裡的瓜菜，也是三天便一茬。那魚、蝦、蟹，更是時常會自己跳上岸來。

小日子，真不錯。溫飽思淫欲，顧生想、就缺個美女了。

誰料，僅這麼一想，當晚、就有大仙來到他的鋪邊；而後，搖身一變，變成個絕色美女子。

已久未近女色了，還哪有心思管是狐、是仙？

一番雲雨後，大仙要走，顧生卻道：「來都來了，何不留下一起過日子？」

如是，大仙便留下。

顧生和大仙，日出而作，日落而息；男耕女織，倒也似那〈桃花源記〉一般。

日復一日，日月交替；年復一年，春去秋來。不知不覺中，顧生和大仙已生養出一群鍾靈毓秀的兒女。

⋯⋯

一日，正值顧生和大仙的第九代重孫出生際。

突然，顧生回想、且問自己，是為何、如何來到這天坑的？

好不容易，終於回想起了皇帝教、及逃命等；遂，在第八代重孫中、挑選出一精明強幹者，命其順狗洞出去、打探。

約摸一時辰後，第八代重孫來報：「洞外一片荒蕪，只有七具白骨，別無其他。」

「洞中方一日，世上已千年。」顧生抱著九代重孫，笑道：「那皇帝教等，可不早成了堆白骨？」

2020-10-23 南京

50 當代焚書坑儒

——小說·三百二十九（九卷：賣書坑自己行不）

古有秦始皇焚書坑儒，今有顧儒賣書坑自己。

何為賣書坑自己？且聽我道來。

去冬，顧儒決定賣書——

將一生所讀之書，整理出了一卡車還多，全都賣給了收破爛的。

今秋，顧儒繼而決定、坑自己——

如是，上網找了個超級長篇；按理，起碼得一個多月才能看完。顧儒，偏為難自己：不許睡覺，一周之內必須看完。看不完怎辦？更不許睡覺，累死算述。

一天、兩天、三天……那看得，真是老眼昏花。

然，踏馬的，不到一周、還真看完了。

居然沒死成。顧儒決定：進一步坑自己。這一次是規定自己：三天之內，必須寫出九篇經濟學類的文章來。如寫不出來，立馬、從樓上跳下去，栽死！

可，踏馬的，竟又真的寫出來了。

又沒死成。顧儒決定：這一次，一定要出個絕的、幾乎不可能做到的，非整死自己不可。若做不到，就下樓去、到樓下的秦淮河邊，閉上雙眼、往下跳……淹死拉倒！

想呀、想呀……終於想了出來——「當代桃花源記」，都已因犯忌而被刪，那就弄個更險惡的：當代焚書坑儒。看你怎寫？

　　顧儒，正為這既刁又絕的難題、欣喜不已。忽，卻意識到：我草、踏馬的，這不、都已經寫出來了嗎？

2020-10-25　南京

國家圖書館出版品預行編目資料

顧曉軍小說【五】——玩殘歐‧亨利／顧曉軍著.
--初版.--臺中市：白象文化事業有限公司，
2021.10
　　面；　公分
　ISBN 978-626-7018-62-0（平裝）

857.63　　　　　　　　　110013357

顧曉軍小說【五】
——玩殘歐‧亨利

作　　　者　顧曉軍
校　　　對　顧粉團
發 行 人　張輝潭
出版發行　白象文化事業有限公司
　　　　　　412台中市大里區科技路1號8樓之2（台中軟體園區）
　　　　　　出版專線：（04）2496-5995　　傳真：（04）2496-9901
　　　　　　401台中市東區和平街228巷44號（經銷部）
　　　　　　購書專線：（04）2220-8589　　傳真：（04）2220-8505
專案主編　陳媁婷
出版編印　林榮威、陳逸儒、黃麗穎、水邊、陳媁婷、李婕
設計創意　張禮南、何佳諠
經銷推廣　李莉吟、莊博亞、劉育姍、李如玉
經紀企劃　張輝潭、徐錦淳、廖書湘、黃姿虹
營運管理　林金郎、曾千熏
印　　　刷　百通科技股份有限公司
初版一刷　2021 年 10 月
定　　　價　580 元